★中国科幻新锐系列★

三日月

FOR HUMAN   MIKAZUKI

谭　钢　著

王晋康　主编

深圳出版社

图书在版编目（CIP）数据

三日月 / 谭钢著. -- 深圳 : 深圳出版社, 2023.7
（中国科幻新锐系列 / 王晋康主编）
ISBN 978-7-5507-3781-5

Ⅰ.①三… Ⅱ.①谭… Ⅲ.①幻想小说—中国—当代
Ⅳ.①I247.5

中国国家版本馆CIP数据核字(2023)第042986号

三日月
SAN RI YUE

出 品 人　聂雄前
项目策划　刘　婷　简　洁
责任编辑　吴　珊　张　梅
责任校对　彭　佳
责任技编　梁立新
封面绘制　蘑菇君
装帧设计　见　白

出版发行　深圳出版社
地　　址　深圳市彩田南路海天综合大厦（518033）
网　　址　www.htph.com.cn
订购电话　0755-83460239（邮购、团购）
设计制作　长虎工作室
印　　刷　深圳市新联美术印刷有限公司
开　　本　889mm×1194mm　1/32
印　　张　7.25
字　　数　187千
版　　次　2023年7月第1版
印　　次　2023年7月第1次
定　　价　42.00元

总序

今年是我从事科幻创作三十周年，作为三十年前的"新锐"来主编"中国科幻新锐系列"丛书，免不了忆起很多陈年旧事。

中国发展太快了，三十年已如隔世。科幻圈都知道，当年我因为被十岁娇儿逼着讲故事而被逼成了科幻作家，巧合的是，我的宝贝孙子今年正好十岁，也在每天逼着我讲科幻故事。但相隔三十年的两个十龄童显然有很大差别。孙子生活在深圳，除了校内学习，还要参加各种培训班，活得很辛苦。但在承受现代化的压力的同时，也享受着现代化的慷慨馈赠：他已经周游列国；英文水平已经达到能通读原文版《哈利·波特》的程度；经常参加英语话剧表演和钢琴比赛；因为读书多，写起作文也能随手挥洒倚马千言。可以说，这个十龄童的小脑瓜内的信息量，绝对十倍于三十年前那个十龄童的信息量。我曾开玩笑说，这代孩子从小就受信息洪流的强烈刺激，说不定他们的大脑沟回都会比三十年前的孩子深一些。

一斑而窥豹，单从我的孙子身上就可以清楚地触摸到时代的进步，触摸到深圳这个"科技之都"的脉搏。

我一直有一个观点，科幻文学这个品种的兴盛和其他文学品种不同，其他文学品种的巅峰不一定和盛世同步，反倒有可能"乱世出经典"，"国家不幸诗家幸"；但科幻文学的巅峰和盛世之间呈现出很强的正相关性，因为只有社会经济和科技足够发达，能培养出足够多的、跨过某一个知识门槛的读者群和作家群，科幻文学才能蓬勃发展。放眼看世界上科幻文学的诞生和科幻文学中心的数次迁移，都符合这个规律。

而今天，中国社会的腾飞已经到了"这个份上"，更不用说中国的"科技之都"深圳。

近十年是中国科幻文学发展最迅猛的十年，一批八零后甚至九零后新锐作家不断涌现，他们视野开阔，感觉敏锐，信息丰沛。他们毫不客气地将中国科幻文学的大旗从我们这代人的手中夺走，扛在了他们年轻的肩上。本次主编出版的"中国科幻新锐系列"，经过了精心挑选，代表了本土孵化和本土选拔的科幻作品一流水平。丛书包括科幻作家陈楸帆、王诺诺、谭钢、分形橙子这四位科幻作家的作品，他们都是新一代中国科幻作家的佼佼者。

在这一代新锐科幻作家群中，常年在科技创新第一线的工作者居多。这种现象在当代中国科幻圈相当普遍。他们出身于理工科，曾在 IT 行业或其他前沿科技行业工作多年，这些经历让这批作家能够站在与众不同的科技视角来审视未来的技术发展。在他们的作品中，往往有出其不意的科幻创意，极具震撼力和冲击力，又完全符合科学理性。当他们带着这些点子进入科幻创作领域，就会打开阿里巴巴的宝库，写出夺人眼球的优秀作品，给读者呈现一场科幻盛宴。

除了这些特点之外，我还发现一点巧合：这四位作者都和深圳有关联，他们或在深圳工作，或在深圳成长，或在深圳居住。这既是巧合，也不全是巧合，因为这个城市本身就很科幻，很新锐。深圳经济特区自建立以来，在四十多年的岁月里，一直在大笔书写着一个个传奇故事。金融之都、创新之都、粤港澳大湾区中心城市之一，这座城市四十多年的成就，本就是一部科幻色彩浓郁的华丽篇章。在深圳这片日新月异的热土上，发展科幻产业，拥有无可辩驳的天然优势。

深圳作为中国独一无二的未来都市，凭借得天独厚的科技资源优势，已经汇集了大批的科幻从业者，包括全国唯一致力于科幻发展的公益基金——"科学与幻想成长基金"。由该基金发起举办的"晨星杯"中国原创科幻文学大赛，已经连续举办了八届，为国内科幻发掘、培养了一大批以本土作家为主的优秀新锐科幻青年作者。我忝为该基金一个挂名的督导，对他们这种锲而不舍的坚持十分感动。中国需要这样的科幻组织。

该基金继组织"晨星杯"中国原创科幻文学大赛之后，又与深圳出版社合作，适时推出"中国科幻新锐系列"丛书。相信这套丛书能够加强深圳本地科幻力量的交流协作，为科幻事业提供优秀的文字基础作品，也为新锐科幻作家的作品推广和 IP 运作提供一个良好的平台。希望假以时日，它能成为中国有影响力的科幻出版品牌，成为大家认识和了解中国新科幻的第一站。

长江后浪推前浪，新锐科幻力量必将引领中国科幻走向下一个辉煌。

2023 年 3 月

✳ 目录 ✳

1868 年 7 月 19 日，明治元年，日本，江户，千驮谷，植木屋平五郎宅。

幕末第一杀手冲田总司在黑暗的大宅内厅睁开了眼睛，青白的羽织披在他瘦削的肩上，腰间的紫色束带平整顺滑得一丝不苟。跪坐已久的他携着身旁的佩刀无声站起，推开雕有七曜纹路的隔断门，月光伴着呼啸的烈风一齐涌入空旷而沉闷的室内，把武士修长的影子印在榻榻米上。

石灯笼的烛光早已熄灭，枯山水庭院中的白沙池在狂风吹动中如壮阔的海洋般泛起阵阵波涛，然而散落在池中岩石和沙砾间的，却不是常见的须弥山景石，而是漆黑的金刚大铠甲。这副铠甲曾跟随他曾经的好友山南敬助、土方岁三出入于腥风血雨，如今却被拆解成一个个千疮百孔的部件，点缀着枯山水千沟万壑的留白画卷。

他凝望着悬挂在天穹的弯月，墙外的火光愈发热烈，和银色的三日月①一同倒映在他眼中。新政府军最终还是找到了这里，幕府在他们的火枪队面前如此不堪一击，骄傲的武士和他们手中锋利的武士刀一齐落寞地败下阵来。冲田总司所在的幕府暗杀部队——新选组，于黑暗帷幕

---

① 三日月：此处代指一把日本名剑。

的背后登上命运的舞台，然而任凭他们的剑术如何高超，一番队队长冲田总司本人，天然理心流的免许皆传①，有着"幕末天剑"之称的男人，却似乎再也抵挡不住历史前进和时代变革的车轮。

大宅厚重的木门被轰然撼动，狰狞的裂纹在古老的门板上蔓延。

很多时候他会想，面对枪炮的挑战，打刀、大小太刀、胁差、薙刀是否还有必要存在于世界上。战场上的主导早就已经不再是他们这些手执利剑的剑客，而是黑船事件后的各式西洋热兵器，武士终其一生所追求的剑之极意，在足轻②的铁枪铁炮面前是否真的不堪一击？他想起在鸟羽伏见之战中持利刃者的完败，这会是武士在修罗场上最后的绝唱吗？

冲田总司的右手攥紧了武士刀，他似乎能闻到火焰炙烤煤油的味道，能闻到门外烧着的熟布毛料的味道、火枪中黑火药的味道。而他身上除了一阵寒铁的芬芳再无所有，那是独属于罗刹的腥气，唯有从地狱杀出的屠夫，才能拥有这种如剑出鞘般鬼神惊心的气势。

肾上腺素在武士的身躯内缓缓流动，他的血液在慢慢升温。他的盔甲就是轻薄的羽织，他的战旗就是背后的枯山水庭院，在这残月之下，他和他的利刃都安静无比，如同一幅深藏的画卷，只等待彻底铺开之时那一刹那地绽放。

木门被破开的瞬间，门外的新政府军看到那个传说中的剑术大师就站在他们面前。引剑而起的肃杀与他那二十六岁的年轻年纪、英气逼人的面容，形成鲜明的对比。

灰色平造刃的刀身一闪而过，劈开月光，名刀"菊一文字则宗"在三日月的辉映中轰鸣出鞘。

---

① 免许皆传：免许，在古流剑术中指流派成员传授该流派各种技艺的许可。皆传，在剑术中指的是学生掌握了该流派全部技艺，并通过了各方面测试的证明。

② 足轻：日本古代最低等的步兵称呼，他们平常从事劳役，战时成为步卒。

2590 年 3 月 19 日，新亚欧大陆岛。模式识别系统"拉斐尔·加罗法洛"下属节点 Sz6，南海大陆架城，中央城区，白天鹅庄园。

女孩的尖叫响彻云霄，和着旁人放肆的大笑回荡在花园上空，化作熙熙攘攘的宴会中的背景音。被开玩笑推入水中的比基尼女郎嗔笑着在同伴的帮助下回到泳池边上，装作没有看到富豪们对她高耸胸部的灼热目光。刚才宴会上突然出现的美女调酒师抢去了她所有的风头，如今她高傲地挺起胸膛，让自己成为在场男士目光的焦点。女郎环视一周，像是想要找到那个调酒师，却没再发现她的存在。

厅堂落地窗边，杜韵摇晃着一杯冰镇的哥顿杜松子酒，装模作样似乎在欣赏如同远古琥珀的棕褐酒色。他并不懂酒，但庄园主的藏酒的确名不虚传，浓郁的莓果芳香流转在喉咙深处，古铜般的酸涩跳转在舌尖，这杯未经稀释的西欧传统烈酒，只需浅浅一口就足够让他醉生梦死。

"杜医生。"套在剪裁合身的双排扣燕尾服里的管家，站在镜子旁摆正领结后，来到他身旁，"李先生已经准备好了，请跟我来。"

"啊……宴会上没有看到李先生出来致辞。"杜韵放下酒杯。

"很抱歉又请你来，但他的眼病越来越严重，几乎要看不到东西了。"管家为他领路，走过一条又一条铺装有精美墙纸和名贵地毯的走廊，瞥过装饰着雕花的拐角，"两天前他突然开始偏头痛，眼睛也剧痛。因为伴随的呕吐和虚脱，他已经两天无法吃饭了。"

"我推断是急性青光眼。两个月前我为李先生检查，他的颅内眼压并不是很稳定。这种疾病发作还可导致视力急剧下降、视物模糊，我猜这才是他无法出席这次宴会的真正原因。"

"杜医生，请不要说下去，这是我权限之外的知识。"管家回头看了一眼杜韵，"但李先生的确出现了你所说的症状。不愧是专业人士。"

作为眼科医生的杜韵露出恰到好处的微笑，这种微笑在他的职业生涯中至关重要，热情温暖又带有丝丝拒人千里的虚伪。为系统安全局局长李先生治疗眼疾是个大生意，南海大陆架城首屈一指的眼科诊所不敢怠慢，马上派出了他们最好的医生。其实系统下属的健康诊断机器人完全可以解决这种常见的青光眼，不过李先生和很多老人一样，尽管已经在很多方面需要依赖这个现代社会带来的诸多便利，却依然不肯把至关重要的健康问题交给模式识别系统的神经网络。

这也给了杜韵这种人可乘之机。

"啊！"在经过一个拐角的时候，管家考究的燕尾西装被一处梨花木装饰伸出的几根木刺刮过，亚麻羊毛混织的面料被带出几个线头。他极为不悦地皱眉，伸手抓住一个路过的侍者："这里是什么情况？！马上让人来处理！"

侍者惊慌地撇清关系："我不知道！也许是厨师在路过的时候，推车不小心撞到了这里。"

花白胡子的管家冷哼一声："厨房在庄园的地下一楼，哪个厨师会路经这里？"

杜韵踱步上前，手指划过几根伸出的木刺："只是一点小瑕疵，没什么大碍。"

管家稍稍向他躬身："虽然是小事，但这是我管理上的失误。多有失礼了，请跟我来吧。"

眼科医生微微颔首，管家走到客厅前为他打开装饰着金线的房门，门后即是一个临时无菌室。躺在可拆卸手术台上的李先生眯起眼，他的双眼在高光灯的照射下是幽幽的深黑色。如果仔细去看，便会发现他的瞳孔里倒映着纳米芯片的影子，透过虹膜甚至能隐隐约约看到埋在晶状体里的晶体管。

消毒水的气味让他不安："医生，会痛吗？"

杜韵边准备一支玻璃酸钠滴眼液，边安抚他的病人："不要担心，李先生。麻醉药起效后你不会有任何感觉的。"

李先生依然不安："我是说麻醉，麻醉是睡着还是死去？"

杜韵听到这话不由得笑出声来："都不是。您将什么都感觉不到，只需要在躺椅上舒服躺一阵子，再睁开眼的时候，将重新获得健康生活。"

不能怪罪庄园主。非专业医师不知道"麻醉"的具体操作手段是司空见惯的事，因为它属于二级学科的内容，非从业人员不能在未被系统授权的情况下探知其内容，违反者将触犯刑法被投入监狱。在这个实行计划教育的时代，由于知识壁垒的存在，他们可能只能从都市传言中得知麻醉的临床现象——昏睡在手术台上不省人事，过后又能神奇地按时醒来，遗忘掉手术的记忆。

眼部球后麻醉很快完成，身披白袍的眼科医生站在庄园主面前，手提箱大小的青光眼激光手术仪展开又升起。青光眼是他在十年前实习时见得最多的病症，因为植入眼球的虹膜芯片导致的眼压升高并不少见。成为一个不大不小的主任医师后，如今又让他亲自上阵，做着实习生的工作，杜韵晃着脑袋，戴上用于增强指端触感的树脂电路手套，一时有些意兴阑珊。

白天鹅庄园，地下一层。

身着调酒师制服的女孩匆匆走过恒温恒压的合金发酵桶，钢铁弧面倒映出她纤瘦的身影。伴随着步伐的节律，一个雪克壶在她手上翻飞舞转，这是花式调酒师的拿手绝活。如果在宴会上表演，将令人不由自主驻足于此，赞叹调酒师精妙优雅的切酒手法。

"莹，你这是要去哪里？"来往的人都这样和她打招呼。

"大厅。"被称为莹的调酒师只给了一个简单的回答，她所有的注意力都集中在紧紧贴在她后腰的纸质文件上，脊背传来的粗糙触感让她感到陌生又兴奋。十分钟前装作迷路的她，从李先生书房的书架上拿出一本伪装得极好的书，抽出隐藏在其间鼓鼓囊囊的信封，随后快步离去。在走下楼梯前，她用螺丝刀在转角的梨花木装饰上撬起几根木刺，她相信她的同伴能够认出行动成功的信号。

无纸化办公和信息化交流的今天，藏书已经是富豪闲暇之时的雅兴，和养鹰、猎狐、马球并为同等奢侈的娱乐。他们甚至不会翻开哪怕一页书，也不做保养，只是静静等待它们腐朽。流传于世的一句祝贺语叫"寿比书页"，人们似乎相信纸张的寿命能与乌龟的媲美，因为在未被翻动的前提下，书籍的寿命足以让人惊叹。

合成致幻剂、性爱、游戏、酒精以及其他无节制的娱乐压榨了人类最后一丝闲暇时光。与这种娱乐自由相对的，则是计划教育观念的深入人心。当学生们完成通识教育进入社会，便会发现职业和相应学科严格一一对应，唯有相应职业能学习、查询对应学科的知识和数据库。

核战后的世界已经和平了很久很久，这不仅仅是种族融合和反歧视及货币的去中心化进程的原因，还因为在人工智能成熟后 AI 电子政府的兴起。人类将权柄交给了机器，人工智能成为一种凌驾于人类却又屈服于人类的政治存在。从核大战后的废墟中，人类艰难地重建了文明，先驱工程师们为了社会稳定——主要是保障知识管制体制的正常运行，开发了一个具有划时代意义的系统：基于视觉的模式识别犯罪预防，以曾经的犯罪学三圣之一"拉斐尔·加罗法洛"命名。

在人工智能政府开始运作后，通过的第一件法案就是对所有新生儿进行眼球改造。人类接收的信息有 90% 都来自眼睛，为了将所有个体纳入"拉斐尔·加罗法洛"的监控中，所有婴儿的双眼晶状体都必须埋入监控芯片，芯片将跟随他们长大直至死亡，作为他们身份的证明和永远的囚笼，直接接收他们所见的一切并远程实时传输到各地区的信息处理节点。

紧接着眼球监控，起着核心作用的就是模式识别模块。先驱者用百年的时间搜集无数的数据来对这个前所未有的神经网络进行预训练，最终成功令它高度收敛在最优解。它能通过人本身的动作、周围环境的变化，乃至唇语来判断这个人的所说和所做，甚至能在犯罪者犯罪之前就判断出他的犯罪倾向并报警。

但再完美的系统也必然有其局限性，大厅通道的广角摄像头捕捉到了调酒师的身影，却未能预警翻飞在她手中的干冰爆弹，尽管那属于受管制的危险品。白天鹅庄园金碧辉煌的大厅，熙熙攘攘的人群中，只有比基尼女郎看到了她，高昂起头似乎在示威，下颌还带着晶莹的水珠，而莹根本没有在意这个只有一面之缘的女人，她们轻描淡写地错身而过，至此余生不再相见。

三分钟后，一声巨大的爆响在宴会桌上炸开，调酒师留在桌上的雪克壶，盖子被膨胀的干冰顶飞，一团浓厚白色云雾弥漫在穹顶的大水晶灯下，折射出如梦似幻的璀璨星光。

惊恐的尖叫引起了静驻门外的两名执法者的注意，人形机器双眼亮起进入搜索模式的绿色灯光，拨开人群来到狼藉一片的宴会桌前。它们的光学气体成像仪没有检测到任何有害化学物质，爆炸物探测器亦未发现威胁，现场并无人员伤亡，只有几位男士和女士被轻微冻伤。拉斐尔·加罗法洛给出回归安保状态的命令，两名执法者扭头走回原位，将现场留给人类处理。

趁着一片混乱，莹走出了宴会大厅，避开执法者的耳目进入了另一个地下室，那里连接着通往白天鹅庄园外的安全通道。

庄园主千恩万谢，试图挽留杜韵参加尚未结束的宴会，但眼科医生以事务缠身的理由婉拒了他后便以最快的速度离开现场，撇清关系。等到李先生知悉宴会上发生了什么事时，杜韵已经来到了豪华庄园的门口，在直属拉斐尔·加罗法洛控制的执法者面前扬长而去。

他并不担心同伴的安危，因为他已经从曾让管家生气不已的梨花木装饰上读出行动成功的信号，那几根翘起的木刺排列成盲文，翻译出来是一个短短的词："完毕。"

"盲"是个已经褪色了的字，只要大脑完整，不需要眼球就能通过假眼的电刺激接收到外界信息。布莱尔盲文在盲人消失后也逐渐消亡，直到拉斐尔·加罗法洛正式取得司法权的那一天，眼球监控系统已经提前百年植入了人类的眼中，在欢呼犯罪终于被抹杀的乌合之众中，一小群人惊觉而起，它又在历史的深处被人挖掘出来。

医生的手指轻轻摩挲，树脂电路手套还戴在手上，指端传来的触感无比细腻，他从口袋里一张小小的塑料卡片上读出接头的位置。这种被称为"盲片"或"盲卡"的卡片上雕刻有浮点。盲片塑料的反菲涅耳衍射制造工艺很容易骗过高分辨率摄像头，让它检测不到表面的小点，电塑工艺使得它极易加工，成为躲避拉斐尔·加罗法洛传递各种信息的载体。盲卡一直活跃于地下灰色组织的信息传递中，是与一次一密齐名的加密法。

盲卡上的地址指向港湾区的一个小饭馆，眼科医生稍有犹豫，中心城区的人向来很难适应港湾区油腻的空气，更不要说那里行色匆匆心怀鬼胎的人们。他只听闻地下黑市的老巢设立在乌烟瘴气的港湾区深处，像是蜘蛛的巢穴，丝线从里向外密布四方，拉斐尔·加罗法洛则如同呼啸的风，从蜘蛛丝间漏过。

三天后，2590 年 3 月 22 日，新亚欧大陆岛，南海大陆架城，港湾区。

"干杯。"

肮脏的红木桌边，卡维尔·雷泽诺夫死样活气地举起酒杯，何等干净利落的致辞，和他那双罕见的铁灰色眼眸相得益彰。杜韵有些不高兴，似乎是因为不时飞过的几只苍蝇。莹依旧面无表情，四平八稳地坐在椅腿长短不一的胶椅上，面前摆放着一碟干瘪的炒青豆。

"干杯。"杜韵不忍心冷场，只得又举起酒杯，"祝贺我们的行动成功……"

莹用眼神制止了杜韵接下来的所有话，眼科医生顺着她的眼神朝饭馆一角看去——一个隐藏在阴影中的白色摄像头。即使是在落后中央城区整整一个时代的港湾区，系统的监控依然安然落脚。

"没关系，你继续说，不要碰关键词就行。"卡维尔·雷泽诺夫眼神飘忽不定，"东西鉴定完了，是真货。"

杜韵的眉毛挑了挑："真的是……"

卡维尔·雷泽诺夫点点头，他的手指在桌下敲出简短的摩斯电码：没错，《自然哲学的数学原理》，盲文版本。庄园主没有动过那本书，所以不知道夹在书页间的秘密。

杜韵的手也放在被木板遮蔽的位置：你们的情报非常精准，甚至精确到了书页的具体位置。

卡维尔·雷泽诺夫不着痕迹地笑笑：杜先生的渗透能力也让我们惊叹。你是我见过的最强大的渗透工程师，为莹破解系统门禁和书房闭锁的过程十分精彩，加上你本身是个足够优秀的眼科医生，使用专业知识编出一个谎言，成功地拖住了李先生。

杜韵：不，李先生的眼疾的确非常严重，我只不过让它听上去更严重了些。说到这个，我更敬佩的，是你们的前期信息搜集，我从来不会想到能从垃圾桶中搜集到如此多的信息，庄园地形图、建筑细节统统被你们推导出来，令人叹为观止。

卡维尔·雷泽诺夫：一点不足挂齿的社会学攻击而已。

莹咳嗽一声，打断了两个男人长篇大论的惺惺相惜："互相吹捧就不必了，我们来谈谈接下来的事情吧，杜先生。"

杜韵尴尬地笑笑，他差点忘记了自己的承诺。阳光下的眼科医生的另一重身份是水底的渗透工程师，他的家里藏有大量的未被销毁的盲文专业教科书，得以自小接触被系统禁止的知识，唯独对系统的渗透攻击情有独钟。多年后，在系统的眼皮底下越过红线、触碰禁区已经成为他的一个小小爱好。一个月前，他从黑市的情报网得到消息，珍贵的《自然哲学的数学原理》的纸质盲文版随着一批藏书被白天鹅庄园主人收藏，他做好了倾家荡产的准备去寻找队友，没想到自称为半吊子社会工程师的男人没有收取任何费用，只是提出互相帮助的要求。

"渗透工程师，我们将拿到你要的东西；作为回报，你也要帮我们做一件事。"

他的要求已经得到满足，如今正是偿还之时。就像点亮的阿拉丁神灯，他就是从油灯里钻出的巨大的蓝色皮肤的灯神。

饭馆的厨房和外厅之间有一个短短的廊道，恰好是拉斐尔·加罗法洛摄像头监控的死角。杜韵和卡维尔·雷泽诺夫装作途经这里去往洗手间，却在此停步，背对而立，以防被对方眼中的虹膜芯片识别出自己的唇语。

"那么，杜工，我这里有一个新的合作邀请。"

又是一个失眠的晚上，杜韵看着眼前的咖啡久久说不出话，氤氲蒸腾的热气让他想到那天晚上深沉的大雾。他从那个饭馆跟跟跄跄地回到家中，途中穿过湿漉漉的小巷，心脏一直在反常地剧烈跳动。他以为自己已经不再年幼，已经成熟得能够单独一人越过雾中的黑暗，但当他从饭馆走出小巷的时候，才猛然想起，小时候他并不怕黑，也从来不怕孤单一人。

那么他到底在颤抖什么？在雾天刺骨的寒冷中，他的心脏却像被熔岩浸泡。

杜韵深深吸了一口气。他不会不明白这一次卡维尔·雷泽诺夫的邀请到底代表着什么，也不会不知道东窗事发的后果。

"我这里有一个数据包。五十年前，我父亲是一个反拉斐尔·加罗法洛地下组织的成员，他们在核辐射区深处监测到一条拉斐尔·加罗法洛的量子加密信道，那里靠近……核战之前叫什么来着……噢，唐古拉山脉，他们的网络工程师通过光子数分离攻击截获了这个数据包，但是他们直到整个组织衰落都没有成功破解。"

杜韵面露难色："攻击密码系统没你想象的那么简单。"

卡维尔·雷泽诺夫背对着他："我知道，但这对我太重要了。高级系统间的量子通信一般是轻量级的，数据量并不会太大。"

杜韵："容我拒绝。请务必换一件我能力之内的事。"

卡维尔·雷泽诺夫："你听我一句话，杜先生。那个数据包可能会是模式识别系统在这一百年来唯一一个泄露的核心数据，它背后藏着很多很多，可能是这个系统的本质，也可能是这个系统的运行原理，也可能是另外的秘密。难道你不心动吗？"

杜韵发现自己的喉咙很干涩："卡维尔·雷泽诺夫，你在和这个时代为敌。"

卡维尔·雷泽诺夫："杜韵，我很惊讶，你早就应该有觉悟，不然你为什么要成为一个渗透工程师？这是一次真正的挑战，你身上背负着那么多知识，忍心看着它们烂在你的脑子里吗？"

杜韵没再回答他，直至在沉默中等得不耐烦后转过身，却发现卡维尔·雷泽诺夫已不见踪影，一张小凳上放着一张盲卡，那上面是另一个地址，他的手指轻轻划了一下就把它折成两半扔进了垃圾桶。

Sz6 计算中心下属气象局，光学元件检修办公室。

雷霆的鸣叫即使是隔着三层的碳素硬化玻璃也能听到，深夜骤然而至的雷雨并没有被气象局的天气预报所预言。卡维尔·雷泽诺夫坐在莹的对面，滂沱大雨敲打在窗棂上的声音似乎并没有影响到他的心境，他依旧全神贯注于屏幕上的文档。

她突然问道："他真的会来？"

卡维尔·雷泽诺夫点头："会的。"

莹："我想知道你为什么这么笃定。"

卡维尔·雷泽诺夫："每个人都有欲望。你知道吗？'眼睛是心灵的窗户'，小时候我就能看透人的眼睛，瞳孔背后埋藏着他们的秘密，每个人都是如此。"

莹："那他的眼睛又是什么样的？"

卡维尔·雷泽诺夫："和你一样的黑色，莹。"

莹："那是什么意思？"

卡维尔·雷泽诺夫无言地敲了几下木桌。黑色，黑色也有很多种，他第一次对上莹那双寂静的黑眼，仿佛在面对一座巨大的冰山，这曾在很长一段时间让卡维尔·雷泽诺夫喘不过气来，她背后的漆黑背景更是让人闻之色变。而杜韵的黑色，则是无尽翻腾的黑色海洋，有着一眼望不到头的隐忍和深沉。

又一阵雷鸣，莹有些不安地想到气象局中枢计算系统的阀型避雷器，上个星期她去检查的时候，发现火花间隙和特种碳化硅电阻阀片又坏了一块，接地装置也不甚让人放心。今晚的雷暴似乎特别可怕，不知道气象局的防雷电波侵入装置能不能熬过去。

卡维尔·雷泽诺夫轻叹："他一定会来。"

莹终于忍不住望向他，质问道："万一他没来呢？"

卡维尔·雷泽诺夫："好了……我已经听到脚步声了。你猜会是谁？不不不，绝对不会是肥猫，更加不会是李局长，我可以赌三瓶鸡尾酒。"

门被敲响。

莹打开门，门后果然是一身黑色尼龙大氅的杜韵。撕裂夜空的狂乱闪电在他身后划过，雨衣滴下的水珠汇成一面湖泊，一阵涟漪随着他沉重的呼吸扬起，随后又消失不见。

卡维尔·雷泽诺夫在椅子上舒服地向后躺去："杜医生，你来了。"

杜韵尴尬地咳嗽一声，他的目光越过莹直冲卡维尔·雷泽诺夫："嗯……卡维尔·雷泽诺夫先生，听说气象局急切需要一个眼科医生来填补检修小组的空缺。我最近比较空闲，所以……我接受你的邀请。"

1861 年 6 月 23 日，文久初年，天然理心流道场。

"人心吗？……岁三桑的话，真是难懂呢。"

冲田总司抱着试卫馆的木刀，随意地盘腿坐在榻榻米上。

他的师兄土方岁三的脸淹没在一片黑暗中，烛光和月光都无法让冲田总司看到他的表情，只能听到他宽厚的笑声："总司君，你还是太年轻，想法也太简单。你刚才说，凭借这一身剑术，足够你浪迹天涯。但是在我看来，这话错得太离谱。"

冲田总司有些不高兴："怎么说？"

土方岁三又笑笑："术必依附于器。再高超的剑术也要依附在剑上，没有作为器的剑，你用什么击败别人？而人心之术依附于人，人又何处不在？中土的《三国志》一书中亦有言'攻心为上，攻城为下'，如果剑术是为了击败持刀之敌，居合术是为了在敌手抽刀之前斩杀之，那么人心之术，则是让别人根本无法拔刀。"

冲田总司歪着头，他的兴致少有地被提起："噢？那我倒想见识一下。岁三桑能让我拔不出刀吗？"

土方岁三："你已经拔不出刀来了。"

咔嚓。

木刀和木鞘摩擦的声音几乎轻不可闻，蜡烛摇晃的火焰被平切而过。冲田总司的拔刀术神鬼莫测，正襟危坐的土方岁三只能感受到扑面而来的巨大风压。面对对方暴起的横一文字斩，他甚至本能地感受到了自以为早已在灵魂里消失了的恐惧。

天然理心流的免许皆传绝非浪得虚名，钝剑的剑尖恰恰停在他的眉下，再深一寸，就是太阳穴。

冲田总司撤身，残心，血振，旋转纳刀，得意笑道："我这不是拔出刀来了吗？"

土方岁三依然一动不动："我说的，不是这把刀。"

冲田总司："那是哪一把？"

土方岁三："我说的，不是这些刀。"

冲田总司："那是什么刀？"

土方岁三向前探了一掌的距离，武士的微笑在漏入屋内的月光下显得无比诡异："你。"

2590年3月25日，新亚欧大陆岛，南海大陆架城，城市高空。

"哈……"

杜韵蓦然从长时间的睡眠中惊醒，就像是一个溺水的人被人猛地拉回到岸上，只知道大口地呼吸。他翻了个身，脸迷迷糊糊地贴在玻璃上，往下看去是在大雾中连绵不绝的钢铁丛林，唯有远处仍然可见的南海大陆架城最高处——Sz6节点云计算中心提醒着他现在所处的高度，他当场就吓得滚在了地上。

"醒了吗？第一次会睡得比较久，你还没习惯气压差的改变。看得见我的手吗？握住它……好，需不需要我重新告诉你一次？那里就是云计算中心核心机房的所在，这也许是你这辈子唯一一次机会能如此接近拉斐尔·加罗法洛……听到我说的话了吗？"

卡维尔·雷泽诺夫有些失真的声音伴着呼啸的风声传来，现在正是雾雨天气，在紊乱的气流中他们乘坐的小飞艇一阵摇晃，杜韵刚爬起来又摇摇晃晃摔倒。他伸出手想胡乱抓住点什么，最后还是卡维尔·雷泽诺夫把他扶了起来，没忘记把一个氧气罩捂他嘴上。

"这飞艇的空气内循环系统坏了两个月，用氧气瓶凑合一下吧。顺便一提，戴上这个之后你可以随意说话，拉斐尔·加罗法洛看不到。不过只有在飞艇上才是合法的，落地之后你要摘下来。"

卡维尔·雷泽诺夫早已全副武装，气象部门用于墙外作业的高空勤务防辐射装甲在灯光下闪闪发光，那是用于反射太阳紫外线的锡片的光芒。一把高压空气去污枪握在右手，红砖大小的高精度盖革计数器别在腰间，让杜韵想起当时前来维修电气线路的电工师傅，也大概是这么一个装备。

唯一的区别可能就是盖革计数器旁的一个小小的传感器，别在腰带上和钥匙扣差不多，却是这次行动的关键。

"起来吧，要到云计算中心了。"

莹的声音从杜韵身后传来，他回过头，发现她和卡维尔·雷泽诺夫是一模一样的装扮。

莹："卡维尔，还有十五分钟抵达停靠港。"

卡维尔·雷泽诺夫："抓紧时间。杜韵，记住，你是眼科医生，是因为我们这里的光学技师请假了，我特地请你过来帮忙的。你不是我的下属，也不是我的上司，只是我的朋友。莹，调整好参数，开始减速。"

当飞艇缓缓接近云计算中心高塔，杜韵第一次看到设立在两千米高度的云中港口，震撼得说不出任何话。钢铁的龙骨破开翻腾的云海，没入稀疏的日光；呼啸的两翼垂直发动机声如鸣雷，泛出独属于天空的冰冷颜色。往日高不可攀的 Sz6 节点云计算中心高塔就这样矗立在他的眼前，为了减小风荷载而采用的高层流线外形赋予了它不同于地面棱角建筑的极致美感，只在高处伸出一个小小的港口来供气象局飞艇停靠。港口的尖塔高高耸起，如长剑指天，至高之处唯有一片寂寞的苍凉伴于身侧。

"壮观吧？"他身旁的女人轻轻问道。

杜韵没回答她的问题，他的注意力完全被港口云雾消散后所露出的狰狞电磁炮和拒鸟网夺去。眼科医生在地面的和平生活中从来没见过这种东西，他像一个发现了新玩具的小孩子一样贪婪地扒在玻璃窗前，想要看得更清楚。

"别表现得么可疑，小心模式识别系统。怎么像个没见过妓女的初哥？"卡维尔·雷泽诺夫把杜韵拉回来。

莹适时地分开两人，避免系统把这两个家伙的行为识别为斗殴。

云中的飞艇响起悠长的雾笛声，纷飞的鹰鸳为之让路。

飞艇停靠港值班室墙边的阴影中，执法者OPTA把它的脖子伸长了些，它努力地想要在高湿度环境下辨认出这个电子证书二维码的每一个细节，最终在扫描了第四次后识别出了被雨滴折射失真的二维码签名。电子眼转了一圈，模式识别器找到了罗隐。

在高大机器人身旁的计算机工程师脱下沾满电容液的手套，PDA上显示出数字证书详细信息，细微的雨滴飘飞在电容屏上，随后被擦成一条彩带。他打了个喷嚏，身后沉重的黑色背包为之耸动，露出几个检修工具的柄头。

罗隐看着这个小组的成员名单："卡维尔·雷泽诺夫，莹，嗯……另外那个是谁？李工呢？他还欠着我包烟。"

卡维尔·雷泽诺夫递给他一根烟："王钢没跟你说吗？李凯现在在家里躺着呢，三十八度高烧。听说是在工厂区被老婆抓了现行，冒着大雨跑回港湾区淋出来的感冒。"

罗隐接过，并借了卡维尔·雷泽诺夫的火："厉害了，不愧是闻名气象局的老色鬼，什么岁数的屁股都敢摸……我看看……眼科医生？气象局找一个眼科医生过来干吗？"

卡维尔·雷泽诺夫："检修小组是一一对应的，李凯来不了，气象局也没有空闲的光学技师。Sz6的塔楼广角镜头采用的是人眼仿生构造，工作规程里面规定，如果找不到职业光学技师，可以向眼科医生寻求帮助。具体查看气象局光学检修规程，第几页我忘记了。"

罗隐："我还是第一次听到这种说法。只是他没有手续，不允许上塔楼。"

卡维尔·雷泽诺夫："那你要我回去把李工从床上拖下来？"

罗隐："那眼科医生要有Sz6的准入许可才行。至少要到扫描器里面过一趟。"

卡维尔·雷泽诺夫用手指戳了戳他的肩膀："大扫描一次需要多少时间？Sz6又不是管这个的，它只负责给出可信度，门禁的控制权实际上是在你们手上的嘛。"

罗隐在PDA上输入一串数字："我要和计算机主任请示一下……"

卡维尔·雷泽诺夫："等到你们开会研究系统指示精神再决定，天都黑了。这样吧，出勤记录先别写上，我们白跑一趟，等李工的烧退了我们再来，也就这几天的事。"

罗隐叹了口气，他认真想了想，叫住转身离去的卡维尔·雷泽诺夫："等等，雷泽诺夫。也不用回去这么麻烦，我给你们开门。既然你们有气象局的数字签名，那么自然也是合法的，只是有点不合常理罢了。"

卡维尔·雷泽诺夫用极其隐蔽的手法擦去了鬓角的冷汗："那

麻烦你了。"

回头看了一眼静静待在墙角边的 OPTA 执法者机器人，罗隐拍拍雷泽诺夫的肩膀，又一阵烟雾从他张开的嘴喷出："看在你的烟的分上。"

在这迷蒙的烟雾中，卡维尔·雷泽诺夫耸耸肩，让脸上的笑容更像是被鱼钩吊起的蚯蚓："别，这根烟是专门为李工点的，他老婆又吵着要和他离婚了。"

旋转而上的楼梯似乎没有尽头，杜韵抬头看去，只能看到顶端些许的光亮。卡维尔·雷泽诺夫说 Sz6 的大广角镜头就在那里，主镜片用纯净的铍制成，和无数的光学元件一齐构成了繁杂庞大的体系。领路的卡维尔·雷泽诺夫还在滔滔不绝，杜韵一直注意着的却是莹头盔后露出的长马尾，垂在后肩，随着她的脚步一晃一晃。

杜韵一脚踏在悬空的踏板上。他这步踩得重了些，几乎把自己整个身体的重量都压上去，似乎是心不在焉地想些什么。随后，鬼使神差地，他轻轻对走在前面、自始至终从没回过头的女孩说道："话说，莹，你是气象局的吗？为什么会在庄园里看到你穿调酒师的制服？"

"啊……她是我的助手。"卡维尔·雷泽诺夫替她答道。

杜韵瞪了他一眼，带有些许尴尬和愠怒，然而后者并没有看到。

"气象局部门允许兼职？"

"我在气象局的工作没有行政编制。其实你可以直接把我看成无业游民。"莹终于说出了走入这个沉闷塔楼后的第一句话。

渗透工程师不知道如何接话，只能闷头继续走。

三人的脚步声在静谧的塔楼里回荡，鹰鸶隐隐约约的叫声透过观察孔从墙外传来，螺旋楼梯一圈一圈蜿蜒向上，看不见尽头，楼梯的顶端就是大广角镜头。准确地说，他们在广角镜头的内部，这是一个建立在云计算中心塔楼顶层的大平台，巨大的球形钢化玻璃罩作为镜头的一部分，不仅用于第一阶段的折光、滤光，而且肩负起防止内部精密元件被损坏的职责。气象局每隔一个月来这里检查玻璃罩的气密性和光路的顺畅，顺带维修可能会损坏的各类镜片和蓝宝石窗口。

调酒师对杜韵耳语道："接下来看你的了。"

眼科医生点点头，他衣袋里的手摩挲着电磁辐射噪声高精度记录仪和流量计，那连接着卡维尔·雷泽诺夫腰间的传感器。

临时凑数的半吊子光学技师慢慢卸下背部的工具箱，露出里面码得整整齐齐的光路检修工具。他看着悬挂在半空的成千上万个折光元件，它们正折射出迷宫般的光路，像是穿行在假山人造树林中的阳光，透过一片又一片的橡胶树叶，成为令人迷幻的眩光。汇聚的光束打在平台正中央的感光罩上，这个装置在整个仿生构造中代表视网膜，面无表情的卡维尔·雷泽诺夫正一步一步走向它。

云计算中心停靠港。

罗隐依旧沉浸在尼古丁的余韵中，他嘴边的白烟被轻轻吐出又消散在凛冽的风中，在执法者 OPTA 的钛合金胸部护甲上蒙上一层薄薄的雾。OPTA 的电子眼看了一眼随手将烟头扔在地上的罗隐，犯罪置信度提高了五个点，然而这五个点又在烟头被一脚踩灭后下降为零。

"OPTA，检查气象局飞艇。"

执法者接受了罗隐的指令，它慢慢走向远处在大雾中若隐若现的飞艇。

罗隐伸了个懒腰，转身回望高耸入云的广角镜塔楼。他从气象局飞艇停靠在港口开始就一直有不安的预感，而眼科医生的出现更加剧了他的怀疑。即使卡维尔·雷泽诺夫有着全套的数字签名，罗隐还是有些将信将疑。所有计算机工程师都对其他职业保有天然的警惕，无论表面上再怎么好说话，这份诡异的怀疑却怎么也无法抹去。

但是广角镜塔楼没有任何有价值的东西，高精度光学元件根本不可能被偷走，因为它们一旦离开原位，整个光学系统输出的图像会瞬间走样。而广角镜头在整个系统里只是一个无足轻重的外围构件，唯有一条光纤连接着感光系统和中央机房，破坏掉它也无法瘫痪计算中心。他们如果想借助那条光纤入侵中央机房，第一时间就会被拉斐尔·加罗法洛侦测到并断开连接。

罗隐摇摇头，也许真的是自己想多了，最近的事很多，失眠像鬼魅一样缠着他。他看了看日期，发觉今天又是注定加班的日子，神情便更加萎靡，整个人像坨泥一样靠在墙边又点燃一根从卡维尔·雷泽诺夫那摸来的卷烟，再次沉浸在美好的烟草时光中。卡维尔·雷泽诺夫站在他面前问他要签名表的时候，他花了五秒钟才反应过来。

卡维尔·雷泽诺夫的手指在他眼前晃动："罗隐，你怎么了？"

罗隐打开卡维尔·雷泽诺夫的手："OPTA 在检查飞艇，等它回来。"

卡维尔·雷泽诺夫："它早回来了，我在塔顶爬上爬下，你就在这里抽烟？"

他只好耸耸肩，将 PDA 递给卡维尔·雷泽诺夫。

卡维尔·雷泽诺夫瞥了他一眼，眼神诡异。他在 PDA 的签名表上摁上一个指纹。罗隐把一个虹膜扫描仪放对方的眼眶上，片刻后拿下来，甚至看都不看扫描比对的结果："走吧，再见。"

卡维尔·雷泽诺夫认真看着他："罗隐。"

罗隐："怎么了？"

卡维尔·雷泽诺夫深深地看了他一眼："没什么。"

罗隐敷衍两句，又掏出了一根烟。

飞艇的舷梯缓缓降下，全程没说一句话的杜韵跟着莹和卡维尔·雷泽诺夫踏上铁梯。

莹在踏入舱室之前突然说了一句话："我们以后再也不会见到罗隐了，是吗？"

卡维尔·雷泽诺夫头也不回地回答："是的。"

杜韵一头雾水地回望停靠港边的罗隐，此刻的计算机工程师又抽上了，烟和雾气互相缭绕，分不开彼此，醉生梦死的姿势让渗透工程师想起酒吧里的醉汉。有他两倍高的 OPTA 安静地站在旁边，杜韵突然觉得他很可怜：停靠港那么大，罗隐却要缩在墙下的阴影里，唯有靠着大雾中的一点火光才能辨识他。

飞艇上，莹戴上氧气面罩后便不再说话，两个男人坐在各自的位置上。随着厚重云层被上升的大鸟破开，阳光透过玻璃折射出璀璨的光芒，她的眼中带了点难得的欣喜。杜韵在飞艇的微微摇晃中小口啜饮矿泉水，不时瞟一瞟窗边被勾勒出美好轮廓的女人。卡维尔·雷泽诺夫在椅子上跷起双腿，陷入无人能知的沉思。

在整个平淡无奇的检修过程中，他们没有执行任何接入设备的可疑操作，唯有高精度电磁流量计在未惊动拉斐尔·加罗法洛的情况下取得了感光系统和中央机房之间通信时所产生的电磁噪声、电磁流量情况。这就是 SCA 方法（side channel attack，侧信道攻击）。对密码安全体系的攻击，传统上一般使用以频率统计、哈希逆分析为主的数学手段；而侧信道攻击则专门针对加密电子设备在运作过程中泄露的物理信号，比如时间、功率消耗、电磁流量、辐射等。在旧时代，防范侧信道攻击的方式一般是以牺牲效率为代价添加冗余运算，而追求运算速度的模式识别系统并没有采取这种措施。

忍受不了这沉默的空气，渗透工程师突然说道："现在最大的问题是……"

无人应答。莹看出他的尴尬，淡淡接了一句："怎么处理数据？"

杜韵的表情带了点矜持："不，是在什么平台上处理数据。"

"平台？什么意思？"

"我们不能用电脑……至少我们不能看屏幕，那样会有极大风险被模式识别系统识别出来。而且系统同样监控着每一台计算机，对系统数据包的解析必然会引起拉斐尔·加罗法洛的注意。即使我们能找到人做嵌入式编程，但身份不符，也会被拉斐尔·加罗法洛判定为违法。"

"那怎么办？"

"恐怕这是你们要解决的问题。"

莹又转过头去看卡维尔·雷泽诺夫。沉默的社会工程师正在看窗外的景色，深沉的大雾正在退去，露出裸露在日光下的城市。以计算中心大楼为圆心，无穷的街道如蛛网般延伸开来，直到和苍穹融为一体的远方。城市规划整齐划一，在空中能看到明明白白的四区四线——颇有 AI 设计的风格，永远以利益最大化为出发点，而在卡维尔·雷泽诺夫看来，却少了那一抹最难以言喻的神韵。

人类……

卡维尔·雷泽诺夫的牙在不经意间咬紧。

"卡维尔？"莹的叫声将他拉回了现实。

"嗯？"

"你听到杜韵说的了？我们要用什么样的电脑才能做到不被模式识别系统监测到？"

"谁告诉你我们要用电脑了？"男人眨眨灰色的眼睛。

"噢？"杜韵和莹扭头看他。

直到飞艇返回气象局，无论两人再怎么问，卡维尔·雷泽诺夫都没再说话。尽管他表现得很平淡，但熟悉他的调酒师还是在他脸上看出了压抑的兴奋和激动，他的眼中倒映着热烈的火光，让莹联想到冰层下安静流动的岩浆。

序
三

1863年7月9日，文久三年，日本，滋贺，大津。

一百二十七滴。

又一滴水敲在惊鹿的水面，这滴水珠特别大，溅起的声音足够让冲田总司睁开眼睛。架着惊鹿的"之"字桥插在白色鹅卵石铺就的地上，这种景色冲田总司在不少庭院见过，但是总有一种本能的好奇心。他一直热衷于数惊鹿被水浸满所需要的水滴数，并收集了许多个庭院的数字，这算是他一个小小的癖好。

"惊鹿响了。"冲田总司看着水流冲入池中，惊鹿竹节高高翘起，打在水琴窟上的石头上，扬起沉闷如古钟轰鸣的回响。

"一如俳句之神所言：古池蛙飞惊水音。"

山南敬助将沾满抹茶泡沫的茶筅从茶碗中拿出，放到木盘上："人生亦如同蛙跃造成的声音——无聊、伤感而又稍纵即逝；它只是引起了一点点喧闹的声音，但又转瞬消失，依然是永恒的静谧笼罩在古池上。"

"山南先生。"冲田总司突然问，"那你说，有什么是永远的呢？"

"人生五十年，去事恍如梦。四海之内，岂有长生不灭者？"山南敬助温恭而简明地答道，并未在意冲田总司问题的愚蠢。

"岁三桑和我说过，利益是这个世界上永恒的东西，无论人心再如何多变，他们永远向往自己的利益。"

"对小坑里的草鱼而言，永恒不变的只有鱼鳍边的清水，需要争夺的唯有尾后的水草，它还没有见识过更波澜壮阔的大海。"

"那它没看到的大海是什么？"

"我不能说。"

山南敬助顿了顿，又沏了一杯茶，看着暗色茶水里旋转起来的大麦久久不说话，不知道在想些什么。然而一条在茶水里立起的茶叶吸引了他的注意力，"茶柱"是少有的吉兆，让情绪有点低沉的山南敬助稍稍舒缓了眉头："总司，一个星期前你们处决石冢岩雄的时候，我发觉附近有点不对劲。永仓在附近搜索后也报告说这个地方不是久留之地，芹泽局长今晚会召开一次会议，到时候你来旁听一下。"

"欸？是……"

冲田总司还想说些什么，但他敏锐地捕捉到了庭院外围墙上一闪而过的身影。剑术大师本能地弓身突进，挡在山南敬助面前，如同从地面射出的眼镜王蛇。从不离身的佩刀骤然出鞘，在一声钢铁交击的鸣叫中将疾射而来的手里剑①劈飞。

手里剑砸倒了还没盛满水的惊鹿，打断了冲田总司的数数。

"'鸢亭'的人，伊贺的忍者，是来给我们警告的。"山南敬助跪坐在泛起白雾的茶壶前，他甚至没看一眼暗器射出的方向。

"什么？这个时代还有忍者吗？"

"是的，他们是历史的鬼魂，是站在能乐的绘松幕布后弹奏三

---

① 手里剑：日本对脱手暗器的统称，脱手暗器就是出手后不再收回再次使用的暗器。

味线的落魄者，但却从未曾远去。无论如何，他们的出现，就意味着时代的浮世巨浪已经出现在海平面上了。"

2590 年 3 月 25 日，新亚欧大陆岛，南海大陆架城，地下五十五米，深埋式廊道网络。

一百二十七步。

"你要习惯黑暗。"

卡维尔·雷泽诺夫的声音从杜韵身前传来，打断了杜韵的数数。但渗透工程师看不到任何东西，只能靠着盲视的直觉行走。他能感觉到脚下的平坦地板似乎无穷无尽，他正在走过一条长长的黑暗甬道，已经忘记自己走了多久，只知道下飞艇后他被卡维尔·雷泽诺夫带着钻进了下水道系统，一直走到现在。

杜韵一直数着的卡维尔·雷泽诺夫的脚步声消失了，他整个人还没反应过来就撞在莹的身上。

接着他听到布料摩擦的声音，金属器件滑落的声音。同时他闻到一股奇怪的味道，不同于任何一种电子设备的树脂橡胶和锰酸钾电容液的刺鼻气味，而是一种混杂着机械润滑油、煤油……死去的植物的味道。

卡维尔·雷泽诺夫正在掀开什么东西的蒙布，从声音来听那东西一定十分庞大。

杜韵在黑暗中感觉到卡维尔·雷泽诺夫拍了拍自己肩膀："渗透工程师，现在是你的时间了。"

渗透工程师还没来得及问怎么回事，一声轻轻的搭扣声，高大的社会工程师手中的煤油灯就已经亮起。他抬头望去，只看到煤油灯光中若隐若现的阴影，等到他沉浸在黑暗太久了的眼球慢慢适应照明，看清楚那团阴影的真面目后，心脏的泵动突然如巨浪骤起般跃升。

"七百年前的老东西。核战之时，先驱者们在欧洲大陆架城市群的伦敦皇家博物馆，抢在第一枚核弹轰击大不列颠本土前拆解了它，将五万个零件和两千张设计图送上了现在还停在南海大陆架城港口的'占星者号'远洋货轮。南海大陆架城的当地商人买下了它，并秘密重新组装。上一任差分机的守护者在五十年前接手维护这台机器的职责，二十年前，尚且年幼的我在他手中接过设计图和指令棒，他死前对我说的最后一句话就是'保护好它'。"

卡维尔·雷泽诺夫幽幽的声音如同从深渊中传来："二十年之后，我终于找到理由来启动它。"

尽管已经在指尖触碰过无数次，但当查尔斯·巴贝奇的差分机就这样安静地矗立在他面前之时，他还是不由得因为这个传奇的名字而扬起激越的心跳。无数相互咬合的黄铜齿轮在漫长的岁月中未曾褪色，钢铁铆钉的螺帽不见丝毫划痕，它们在煤油灯的映照中依然反射出锐利的光芒，一如七百年前查尔斯·巴贝奇将它们从磨床上取下来之初。蛛网般密布的蒸汽管道连接到差分机旁边的巨大蒸汽发动机，一个被法兰绒布包裹的瓷暖水瓶立在镀金散热片上，杜韵打开软木塞闻了闻，发现那里面装着的是黏稠的机械润滑油，有着蒸汽、煤矿、黑铁和逝者的味道。

"差分机……我们就要用这个来运算吗？"莹看着这台狰狞的机械猛兽，脸上的表情也是一样的迷茫。

卡维尔·雷泽诺夫："是的。拉斐尔·加罗法洛没有这台机器的行为模式，模式识别系统不会将它识别为计算机。"

杜韵："即使我们是安全的，但电子和机械的运算能力的差距，要用科学记数法来表述才行。"

卡维尔·雷泽诺夫伸了个懒腰："我们的敌人只剩下时间。"

杜韵望向他："还不够吗？"

莹："杜韵……运算出结果，要多久？"

杜韵晃了晃手上的草稿纸，上面用盲文点记的手法写着密密麻麻的差分和变分方程组。灯光旁的他淹没在阴影中，欲言又止。

卡维尔·雷泽诺夫："说吧，我们早有觉悟。"

杜韵耸耸肩，回以一声深切到骨髓里的叹息："三十年。"

第一章

三十三年后，2623 年 11 月 21 日，青藏高原，海拔八千米。

蜂鸣的无人机中央的报警喇叭嘀嘀作响，凭借多重复眼透镜组成的高分辨率摄像头，它从广袤无边的高原大地中分辨出了不同寻常的轮廓。吹拂着冷风的无人机以小俯角进入超低空，盘旋在那个被模式识别系统确定为人类的物体前。

它的面前是一张因长期暴晒而干裂潮红的脸，枯黄的胡须和几乎皮包骨的身材都表明这个男人曾经经受过何种苦难，唯有他依旧清澈的黑色双眸展示着人类面对机械的坚强意志。像苍蝇一样烦人的无人机伸出虹膜扫描仪对准他的眼睛，片刻后不动声色地朝远在二十公里外的灰门基地发出了红色警报。

男人拿起挂在腰间的牛皮水袋，咕噜咕噜将鼓鼓囊囊的水袋变瘪，无人机自始至终都在监视这个被拉斐尔·加罗法洛识别为"黑色通缉犯"的人。如果它是人类，这时它必然会发出一声惊叹，惊叹于冠有系统最高等级通缉令的人，竟然是眼前这个看上去瘦弱无比的中年人。

中年人翕动着破裂的嘴唇："这是哪里？"

盘旋的无人机以一阵蜂鸣声回答了他。

半个小时后，躺在担架上的男人以同样微弱的声音问出这个问题，而 K-VA 执法者机器人的电子音合成器只是报出了一串精确到秒的经纬度。但男人似乎不以为然，他在认真确认了好几次地理坐标后放心地沉沉睡去，旁边随行的机械工程师面面相觑。

机械工程师："这人怎么回事？"

另一个工程师："谁知道呢。黑色通缉令，我们别管太多的好。"

他们把昏睡的男人放上越野吉普车，驶上一条单车道，这条在坚硬冻土上开辟出的道路一直延伸向被山脉与迷雾遮盖的远方。驾驶座上的机械工程师点燃一根烟，不安地看着阴沉的天穹，飘飞的雪花如同白色幽灵附着在防风玻璃上，趴在车顶进入"车载武装形态"的执法者机器人抬手将它们轻轻擦去。而更远方，拉斐尔·加罗法洛灰门基地钢铁铸成的大门挺立在呼号的北风中，张开空洞的嘴，可惜自它落成后的几百年里，没人能知道它到底在喊些什么。

犯罪嫌疑人苏诺（样本编号 25701204-0197-8526）于 2580 年 12 月 4 日从青藏高原犯罪池脱逃一案，经 2623 年 11 月 21 日的抓捕调查工作，已审判终结。审理结果报告如下：

1. 犯罪嫌疑人基本情况

犯罪嫌疑人苏诺，女，53 岁，O-M175 蒙古利亚人种。

简历：2570 年 12 月 4 日出生在青藏高原犯罪池；2570 年至 2580 年在犯罪池中度过，无业者；2580 年至 2621 年 7 月 15 日在南海大陆架城市度过，隶属节点为 Sz6，【经历不明】；2621 年 7 月 16 日至 2623 年 11 月 20 日，【经历不明】；2623 年 11 月 21 日被灰门执法者识别系统探测，成功抓捕。

2. 逮捕理由和依据

犯罪嫌疑人的虹膜芯片信号于 2580 年 12 月 4 日 16 时 35 分消失，信号消失后十二小时内，监视者前往信号消失地，并未发现信号屏蔽或信道干扰。失踪二十四小时后，判定违反《拉斐尔·加罗法洛犯罪池管理办法》第二条，拉斐尔·加罗法洛系统于 2580 年 12 月 5 日 16 时 35 分启动【黑色警报】，批准进行逮捕，并将其列入青藏高原犯罪池通缉名单，编号 SSS-0000-0001。

3. 犯罪事实

根据中央系统的储存，对苏诺的眼球监控缺失了从 2580 年消失当天至 2623 年被重新抓捕当天的视频。经精神分析搜索，只能确定苏诺在 2580 年 12 月 4 日以【不明】手段通过灰门，其余部分因缺失大量记忆碎片，无法拼凑完整事实。再于 2623 年 11 月 21 日，其虹膜芯片信号重新被灰门无人机识别，执法者前往信号源抓捕并抓捕成功，将其押送回犯罪池。其信号源地点为灰门上空六公里，海拔八千五百米处。

4. 处理判决

犯罪嫌疑人苏诺未经允许越过灰门前往外界，适用《大陆架共同体刑法》三百二十六条及五百一十二条规定，构成跨大陆架偷渡罪，事实清楚，证据确实、充分。按《大陆架共同体宪法》第四十五条及《拉斐尔·加罗法洛犯罪池管理办法》第一条，无罪释放。

报告者：灰门执法者中枢控制器

审判者：青藏高原犯罪池监管系统

——《青藏高原犯罪池 SSS-0000-0001 号结案报告》，

来自拉斐尔·加罗法洛中央系统日志 26231122-SSS-CRIME-

Sz6-0000001

半个月后，2623 年 12 月 4 日，南海大陆架城。

杜韵给小腿套上静脉曲张袜，艰难地从床边站起。这是他大隐静脉病变显露出来的第三个月，在这之前的岁月，乏力、肢体沉重感就一直伴随着他，而他却以为这只是三十年来每天都前往差分机所在的下水道系统的缘故。直到某一天，他发现小腿浮起小指粗的血管，这才发现严重之处。所幸并未到病入膏肓的程度，穿上外科医生给他的弹性袜后病情略微好了一些，但每次起床总要靠拐杖才能站直，这也足够他喝一壶。

"杜医生，怎么你总是站着的呢？"别的诊室的外科医生惊奇地问道。

"也许是手术有点多。"杜韵讪讪地回答。

"那也不会夸张到得了静脉曲张。"外科医生啧啧称奇。

杜韵已经忘掉自己蒙混过去的过程，他唯一庆幸的是拉斐尔·加罗法洛的高大执法者机器人一直没有找上门，看起来卡维尔·雷泽诺夫说得不错，模式识别系统的确无法捕捉到差分机。每个晚上他低头越过青铜铸成的管道，冒出蒸腾热气的蒸汽发动机连接着轰鸣作响的差分机，巨大的声响回荡在下水道系统，和水击撞在合金污水管里的声音几乎一模一样。

在永远亮着的煤油灯的柔和灯光中，他们三个人轮班前来这里，沉默地调试正在运算的差分机。杜韵每次来到这里的时候，莹早已离去，只有差分机的无数齿轮孤独地转动着，不多时吐出一张打印好的盲卡，渗透工程师则会在草稿纸上记上一个数字。解析数据包的难度比他想象的还要大，光是将电磁噪声随时间的变化列成盲文点记就花了他们几个月。

杜韵的确乐在其中，差分机的蒸汽温度和铸铁微光已经成为他灵魂的一部分。虽然他们三人很少见面，只有永不止息的运算机器表明相互的存在，但杜韵明白，他们一直是一起的。

可是如今……

"致我最亲爱的好友杜韵……"

他拿起放在床头柜上的照片，那是他们三人正襟危坐的合照。背后是卡维尔·雷泽诺夫的亲笔，端端正正的字体和他照片上的扑克脸一样无趣。

"……永别。"

杜韵把这个词翻来覆去看了很多次。最后只能将目光停在末尾的落款"卡维尔·雷泽诺夫"上。

自从莹死去后，卡维尔·雷泽诺夫便肩负起了她的责任，差分机有三分之二的时间归他照料。有的时候杜韵去到那里会发现他在默默抽烟，香烟的味道弥散在蒸汽密布的巷道中，那个瞬间，杜韵仿佛是看到了当年在雾中燃起火花的罗隐，唯有寂寞这个词才能形容一二。

杜韵拍拍他的肩膀，在他身旁坐下。

卡维尔·雷泽诺夫："杜韵，如果没有了向日葵，那么我苦苦等待的烈日又有什么意义呢？"

杜韵："夜色依旧深沉，至少让我们等到晨曦。"

卡维尔·雷泽诺夫叹了口气，没有回答。

那是他们最后一次见面，自此之后杜韵再没能看到他。几年后，差分机的运转终于停下来的那天早上，杜韵不在现场，但他能想象到最后一批雪片般的数据点记卡从计数舱里飞出，填补上最后的数据空缺。卡维尔·雷泽诺夫替他读出了数据并在草稿纸的空白页上记录，留下一张有亲笔签名的合照后就此蒸发，没有带走任何东西。

渗透工程师知道他为什么失望离去，只留下空转的差分机和堆积如山的草稿纸。他不敢追寻也无法挽留，在徘徊了很久之后想做点什么，他决定擦干净差分机，然后花了几个星期的时间收拾损耗的零件，将被磨秃的黄铜齿轮一个一个搭成高塔，有他那么高。

你现在在哪儿呢？卡维尔·雷泽诺夫，你已经消失了这么多年，你和我熬过了莹死掉后的艰难时光，却在最后的数据包前头也不回地告别。

杜韵看着这张照片，他有很多话要说，却又无从倾诉。拉斐尔·加罗法洛大地般广袤的监控网络无处不在，一向谨慎的渗透工程师不敢越过系统设定的红线。

"杜韵先生，我是居委会主任，东西我放在门口了。"

门铃响起，打断了他的思考。一个中年妇女冰冷的声音从门外传来。

"我来了。"

杜韵抬头，将照片放回原位。床头柜的水仙花轻轻垂下，遮住了卡维尔·雷泽诺夫铁灰色的眼睛。

2623年12月5日，内陆，青藏高原，地下八公里。

他已经靠在房间的窗口处很久很久，蒸汽机不堪重负的声音和手臂被炸裂的水手的悲号一齐挤进他的耳朵，蒸汽技师和船医赶来的速度比他想象的还要快，随即开始折腾他们突然达到临界负荷的蒸汽机和不幸被炸伤的伤员。

　　窗外依旧是一片漆黑，在无尽的死寂中唯有这艘漂浮在如镜静水上的蒸汽艇。虽然伤员敞开喉咙的大声号叫回荡在廊道中，但苏诺依旧能分辨出来自窗外的钟乳石滴水声，从两百五十米高的岩壁顶滴落的水珠敲打在无波的海面，如同一只青蛙在寂静的夜里忽然跃入古池，扬起转瞬即逝的悠然响声。

　　"苏诺博士！"

　　随后他分辨出了甲板上的声音，那一定是有着能和雾笛媲美的音量和咸鱼一样的声线的船长在呼唤他。

　　"你快来看！"

　　苏诺合上摊在腿上的书本，走出房门一步一步沿着船梯走上木制甲板。外面的空气让他感到恶心，混杂着油脂和腐烂的味道，还不如机房旁边房间里的煤块和机油。他强忍着不适走向上风口的船长，后者正在用脚踢着船头忽明忽暗的电石灯，两脚过后电石灯的照明总算恢复正常。

　　船长指着探照灯照亮的海面，厚厚的黑色真菌浮在水面，像是一大块油腻的牛油盖在海上。苏诺沿电石灯光亮延展的方向看去，全是各种奇奇怪怪的诡异真菌，在水上伸开十几米长的菌丝。其实这并不足为奇，战后遭受核辐射变异的真菌的确有这种疯狂的生长能力，在地下阴暗无光的环境更是如此，但除了恶心一点也并无大碍。他记得几十年前第一次在这地下海出航，在远海处见到的巨大蕈类从海底直插岩壁，眼前的真菌与之相比不值一提。

　　"听说那些东西能点着，我们能放火烧掉它们吗？"船长搓着手不安地询问道。他眼前的男人一直让他感到放心，这艘船很多时候不得不依靠他的知识。在灰门港口起航之前，因为朗姆酒而醉醺醺的船长在酒馆结识了有着亲和笑容的苏诺，后者学识之渊博让在地下海打拼多年的老船长折服不已。所以当苏诺无意间提到正在寻找一艘去往"奥伯丁"的船只时，船长几乎是毫不犹豫地发出了邀请。

苏诺眯起眼睛，行走在大图书馆的日子早已逝去，他必须在脑中回溯那些几十年前的已经朦胧的记忆。这些能够发酵生成煤油的真菌一直是地下照明系统能量的来源（尽管犯罪池里的人都管这个叫菇油），但苏诺并不知道在这种情况下能不能点着。

"这些真菌不影响航行的准确性，没有清理的必要。我的建议是不要轻易尝试点火，一旦引来好奇的海怪或者海盗……"

"好的好的。"船长小鸡啄米似的点头。

"我再在这里看一看。"苏诺留在了甲板上。

蒸汽艇破开真菌密布的海面继续前进，烟囱吐出的浓烟和雾气混杂在一起。苏诺在平稳的行驶中望向头顶的岩壁，掏出一个小巧的望远镜，望向镶嵌在无边的黑暗中的密布星光，那是洞顶的荧光菇类和蕈蚊种群的卵。苏诺想到"星座"这个名词，犯罪池的人们很喜欢将这些虚伪的星光牵强附会成各种奇怪的东西并加上诡异的名字。灰门港口的酒吧里，一个侏儒费尽口舌向他们推销一张描绘着这些伪星分布的星图，现在他有些庆幸船长当时买了下来，不然现在恐怕无法确定他们的位置。

展开星图的苏诺凭借望远镜，很快找到了经常用于定标的"半人马座"菇群，它的出现表示犯罪池地下海最著名的港口奥伯丁已经离他们不远。那是犯罪池的贸易枢纽，同时也是他们的目的地。

他整理了一下衣领，回到船舱中，把望远镜还给了船长。

船长正在将一撮烟丝塞进烟斗里："啊，苏诺博士，定位完成了吗？"

苏诺："奥伯丁离我们还有七十二到一百个小时。"

船长很高兴："终于要到奥伯丁了。这些时间多亏有你，苏诺博士。其他人一点用处都没有，要么就知道眼睛瞟着船舱的货物，要么就总是一副随时要跳海的样子。寂静和黑暗没有让你疯狂，你那双眼睛依然睿智而锐利，真是个值得信赖的人。"

"谬赞了，船长，我很荣幸能获得你的信任。"

苏诺矜持而诡秘地笑了笑，漆黑的双眼眨了眨。

是的……对一个社会工程师而言，赢得他人的信任实在是太过简单了……

第
二
章

2623 年 12 月 8 日，南海大陆架城，卡维尔·雷泽诺夫的家。

挂着拐杖的杜韵推开滑动门，将房卡收回口袋里，一瘸一拐走了进去。他不是很熟悉这里，尽管和卡维尔·雷泽诺夫相识多年，来他家的次数却屈指可数。

他在光滑的地板上踱步，卡维尔·雷泽诺夫的家并没有什么特别之处，凌乱的床单和枕头，四处散落着手柄和 VR 设备，一个典型游戏宅男的配置，怎么看也不像会是"快乐生活"社团成员的家——如果不是居委会主任突然给杜韵发来信息，请作为好友的杜韵帮忙劝说"疑似颓废或因社交恐惧而常年躲在家里"的卡维尔·雷泽诺夫参加社团活动，杜韵打死也想不到卡维尔·雷泽诺夫会加入这个系统创立的组织，社团的名字居然还那么……恶俗。

居委会主任："卡维尔·雷泽诺夫先生已经很久没有参加社团的'分享系统的温暖'活动了。"

杜韵："嗯……大概多久了呢？"

居委会主任："好几年了吧。"

杜韵："这期间你们没想过要找他吗？"

居委会主任："系统设定的期限是五年，过了五年我们才需要找他。"

杜韵没再接话，居委会主任说过几天他会把卡维尔·雷泽诺夫的房卡和相关备份交给杜韵。渗透工程师忙不迭地说好好好。

这又是另一个伎俩吗？气象局检修工程师，无聊的游戏玩家，因为社交恐惧倾向而被系统强制划入"快乐生活"组织，一些看似怪异的行为也被拉斐尔·加罗法洛容许。真是一个足够把你真正面目遮住的面具！

一阵搜索后，他终于在卡维尔·雷泽诺夫的书柜上找到了一本被白色封面隐藏的盲文资料，它夹在两个装茶叶的长条盒子之间。令他惊奇的是，这本书是如此薄，以至于他几乎错过了它。

杜韵的手指从第一页划过，凸起点记的熟悉触感在脑内突触间游动。

他的冷汗慢慢渗出，浸湿了后背。

犯罪池由大陆架共同体形成，是 AI 政府开始执政后，和【盲文点记磨损】同期的浩大工程，拥有顶级的保密等级。模式识别系统，这个前所未有的神经网络不仅仅需要先驱者们花费百年时间收集的先期数据，还需要在社会运作中动态产生的数据来调整权值。

但是，在拉斐尔·加罗法洛工程正式投入运作之前，社会学家意识到，随着犯罪率的下降，神经网络在面对特异样本时候的适应性便越差。因为假如随着社会环境的变迁，没有足够的犯罪样本输入，神经网络便无法适应在不同历史时期的不同的犯罪形式和手法，从而逐渐失去作用[1]。

为了对抗特异样本，便不得不为拉斐尔·加罗法洛系统设立这样一个附属机构：犯罪池。犯罪池必须不停地往外界输出多样化的犯罪数据，同时必须彻底同外界隔绝，以防犯罪样本意外流出造成社会精神污染；同时，为了保证犯罪质量，不设立知识管制体系，但监控者应采取不压制不鼓励的中立态度；对待犯罪者也应是如此，基于对重案犯重犯率的研究，除开一级危害系统安全罪外，应采取放任自流、加强监控的做法[2]。

据战前相关地球物理勘察，犯罪池选址位于【盲文点记磨损】的巨大天然地下溶洞，估计空间体量为40万立方千米，水源、空气条件适合人类居住[3]。

犯罪池组成人员将在社会中随机挑选，于工程完成后秘密进入犯罪池并稳定繁衍。相关管理办法也将在工程进行过程中确定条款细节，AI电子政府的违宪审查模块将会全程对此进行检测并给出修改意见。在工程建设过程中，犯罪池工程将采用石油深度勘探工程的名义进行施工。

....

[1] 大陆架社会科学院. 神经网络的犯罪学预测及局部极小值研究 [C]. 欧洲大陆架城：大陆架社会科学院，2380.

[2] 大陆架社会科学院. 霍布斯、洛克和卢梭——自然状态的人类再犯罪 [C]. 欧洲大陆架城：大陆架社会科学院，2380.

[3] 中国地质科学院.【盲文点记磨损】钻探勘测报告 [R]. 中国地质科学院技术报告BG7-231. 北京：中国地质科学院，2227.

....

总监理：【盲文点记磨损】

总工程师：【盲文点记磨损】

总负责人：【盲文点记磨损】

时间：2420 年 4 月 15 日

——《【绝密】犯罪池工程必要性及可行性论证》盲

文版节选

渗透工程师颤抖着放下文件，努力把鼻梁上的眼镜扶正。

卡维尔·雷泽诺夫，卡维尔·雷泽诺夫，你果然……你果然骗了我。我还以为那个数据包真的毫无用处，我们三十年的努力真的毫无意义……它里面包含的只是一些很常规的节点之间的交换数据，但你从头到尾根本就不需要这些内容！拉斐尔·加罗法洛内部高级系统之间的通信数据包不以不可靠的 IP 地址作为标识，而是地理上唯一的经纬度坐标。卡维尔·雷泽诺夫，你只是想要犯罪池的地理位置……

渗透工程师的影子不再佝偻，静脉曲张带来的痛苦此刻似乎全部消失，致命的激情开始在他的身躯里流动。如同干枯已久的古井突然冒出喷泉，他的心脏疯狂搏动，一如三十多年前的那个晚上，目睹轰鸣的差分机开始运作的那一刻。

杜韵关上了卡维尔·雷泽诺夫的家门。他的身影像是滴入墨的水，浑然天成地融在黑暗中。

我来找你了，老朋友。我有太多问题想要问你，如果你不想回答，那我就用拳头撬开你的嘴。

2623 年 12 月 16 日，南海大陆架城，卡维尔·雷泽诺夫的家。

每次深夜，执法者 OPTA 就会安静得彻底听不到电子噪声。电子眼在黑暗中明明灭灭，手持高压电击催吐棒的它站在门前。这个垂钓的渔夫在等待来自拉斐尔·加罗法洛的权限，突入这扇门背后遮掩着的秘密需要直接来自中枢系统的允许。在卡维尔·雷泽诺夫的位置持续在一个固定点五年又四个月后，系统终于将其判别为"需要强制治疗的重度抑郁症"患者，用于缓解社交恐惧症的"快乐生活"组织已不再起作用，更有效的是拉斐尔·加罗法洛所秉持的传统家长式教育，执法者的棍棒和拖拽足够解决一切心理问题。

PKI体系的私钥通过射频通信传输到它头部的无数个传感器中，古老的 RSA 和 ECC 密码体系依旧尽职尽责地在拉斐尔·加罗法洛低级加密信道中发挥着至关重要的作用，尽管它们在现代量子计算机的计算能力面前已经不堪一击，更不要说曾经层出不穷的中间人攻击和注入式攻击，但又有谁能知道这些呢？这个时代的人类距离真正的毒品已经太远，只知道沉浸在无聊的游戏、泛滥的性爱、虚幻的合成海洛因和可卡因中。

OPTA 步入卡维尔·雷泽诺夫的家中，这里的一切和杜韵离开时没有任何变化。一眼看去就扫描到以沙发为中心呈二维正态分布的膨化零食和 VR 设备，它沿着杜韵之前的路线进入了书房，但一无所获，卡维尔·雷泽诺夫依旧不见踪影。执法者将搜索失败的 False 值返回中央系统，中央系统为了核对状况，重新核对地理位置信号，扫描了一次眼球监测系统和外部闭路电视监测系统，坚持卡维尔·雷泽诺夫没有离开这间屋子哪怕一步。

OPTA 依旧坚定不移地返回了 False 值。

最后，中央系统从信息化电网系统调来卡维尔·雷泽诺夫住宅的用电曲线，逐一比对后最终给出了继续搜索的指令。因为这间屋子的用电量一直不为零，在拉斐尔·加罗法洛的模式识别库中并不存在幽灵这个类别。接收命令的 OPTA 很快找到了电涌保护器和电气阀门，沿着电线发现一直在消耗电力的是一入门就能看见的一副插在充电器上的 VR 眼镜。

高大的机器人在一阵优雅的液压系统运作声中俯下身躯，根据模式识别系统的命令检查这个 VR 眼镜——拉斐尔·加罗法洛反常地给出了最高的搜索强度，这意味着 OPTA 将要启用电子眼中久未运作的红外热成像、X 光穿透、激光测描集成模块来对付这个小东西。

True。

十七公里外。

计算中心量化犯罪部中央控制室突然响铃大作，红色警报的吵闹声惊醒了梦中的罗隐。

他颇为烦躁地从吊床上滚下来，拔出耳塞后又被吵得塞了回去。当他拿起尚有余温的咖啡望向闪烁的显示屏时，犹如被雷击般，手中的咖啡杯砰地落地，浸湿了黑色的人造羊毛簇绒地毯。他的嘴唇变得没有血色。

谋杀案，红色警报。

然而真正牢牢将他眼球钉在显示屏上的，是一个名字：卡维尔·雷泽诺夫。

执法者 OPTA 拍摄的视频通过电子眼传到了中控室。

计算机工程师看到它伸手向 VR 眼镜摸去，打开关闭的后板盖。

运作着的 VR 眼镜里是斑斑血迹，铁灰色的眼球静静躺在中央，散发出福尔马林的味道。OPTA 从中读取出卡维尔·雷泽诺夫的虹膜芯片信号，拉斐尔·加罗法洛模式识别系统马上给出红色警报，中控室显示屏上出现了卡维尔·雷泽诺夫的生平资料。

那一瞬间，罗隐脑中关于卡维尔·雷泽诺夫的所有记忆骤然浮起。他想起三十三年前那个云中的港口，蜷缩在墙边沉醉于烤制黄花草叶烟草的他，抬头看见了卡维尔·雷泽诺夫，尽管记忆中的面容已经被时间风化成粉末和尘埃，但他却永远记得那个男人刀锋般锐利的眼眸。

有着那种眼睛的人……居然会以这种方式再出现在他面前……

与此同时，青藏高原地下六公里，地下海，奥伯丁。

港口的钟声透过浓浓的黑暗传到苏诺耳中，他凭借肉眼极目远眺，奥伯丁的点点火光出现在他视野里。水手们趴在桅栏上，贪婪地嗅着家乡的空气，他们欢呼着拥抱：啊，奥伯丁，奥伯丁。就连一向在海员面前不苟言笑的船长，也露出了一丝如释重负的笑容。

"宗教献祭、自燃、食人、跳海、哗变，这些日常耳闻的故事没有出现在我们这次航程里，真是万幸。"苏诺身旁的船医点燃一根烟，"苏诺博士，你经常出海吗？"

苏诺："并不。"

望着奥伯丁的灯火越来越近，苏诺明白船医倾诉的欲望也越来越强。

"我出过很多次海，这些我都经历过。很多船员没有死在海怪的嘴里，却彻底被这片大海逼疯，我见过第一次出海的年轻人，他渴望书上记载的风景，以为只要越过这片黑暗就是——那个词是什么来着——阳光，却怎么也寻找不到，最后整个人跳进燃着的火堆；我见过吃人的邪教徒，见过自杀的大副，也见过把炮口对准自己人的炮手，他们或是为了金钱，或是争风吃醋，或是为了港口的家人……各种各样的欲望，各种各样的原因使他们陷入疯狂。我和厨师面对这些尸体的时候都会觉得害怕，特别是每次挖出他们眼里的那个……眼里的那个……"

苏诺帮他接上："小方块。"

船医："对的，对的，小方块，我总感觉那一小块铁片大有来头……其实它学名叫什么，用你们学者的话来说？"

苏诺："很长的一串词，你记不住的。"

拉斐尔·加罗法洛犯罪预防系统眼球监控模块生物芯片。苏诺在心底默念了一遍它长长的学名。不知道你记得住吗？船医小姐。

船医不置可否地撇撇嘴。

苏诺拍拍她的肩膀："总之，我们回到奥伯丁了。"

船医笑笑，那笑容在她那苍白如纸的脸上难看至极，但苏诺知道那是发自真心的。

当舷梯触碰到码头的瞬间，整艘船爆发出压抑已久的欢呼声。

奥伯丁港口的规模和他离开时并没有多少变化，望去全是第一次工业革命时代的中等跨度钢结构建筑，工厂和民居围绕湾区呈带形分布，这是西班牙工程师A.索里亚·伊·马塔在1882年提出的城市布局，如今在2623年的地下海生机勃勃。唯一不同的是，一种由水、石灰粉、牡蛎蘑菇孢以及珍珠岩矿石制成的有机耐火板代替了木材，成为活跃在奥伯丁的新型地板。

苏诺坚定地拒绝了船长邀请他去酒吧喝一杯的好意，他在奥伯丁的大街小巷中快步穿行，直到来到奥伯丁的大图书馆门前，一支长长的黄烛在门边燃烧，寓意为永恒与责任。这幢依托着背部岩基而建的图书馆从外面看来只像是小小的公寓，根本没资格承担大图书馆的"大"字，但对所有曾站在此地仰望黄色蜡烛的微光的人而言，"大"是另外一种东西的形容词。面对不起眼的无装饰板门，他却开始犹豫选择何种方式敲门，徘徊许久后，终于直截了当地推开没锁的门。

褪色墨水和过往岁月的味道扑面而来。

轻车熟路越过书籍散落的外厅、内部宽阔的藏书室、幽深的走廊和没有扶手的楼梯，他推开了二楼一个房间的门。熏香的味道弥漫在屋内，门后的老妪放下铜质编织针，惊讶地抬头，脸上的皱纹如同乱水的波纹般扭成一团："你是谁？上个月的钱我已经给过了。"

钱……又是一个遥远而陌生的概念……和系统发行的电子货币是一个概念吗？苏诺看着她久久说不出话，妇人竭力眯起眼睛去看清楚他，把手伸到桌上去摸索眼镜。一阵唏嘘忽然涌上苏诺的心头：岁月总是如此残忍，四十三年前挥舞弯刀的她能站在塔楼的最高处辨认出港口的每一艘船，现在却不得不屈从于奥伯丁新生的流氓，仰着满脸的皱纹，看不清一个站在她面前的人。

苏诺俯身，让她能看到自己的眼睛："认出来了吗，老妈妈？"

老人愣了很久。

"苏诺，是你吗？你终于回来了？你终于回来了！"

一字一句仿佛从骨髓深处掏出。苏诺看到她抑制不住地全身颤抖，干枯的嘴唇张张合合，每一个字都带有哭腔和悔恨，一种复杂到难以言说的情感。当年苏诺决然地从奥伯丁离去的那天，他看到她站在码头挥舞着红色的丝巾送别，她的呼喊淹没在雾笛的鸣动和蝙蝠群的嘶鸣中，船上没有任何人听得清她在喊什么。

苏诺叹了口气。

妇人凄惨地笑笑："你的声音变粗了很多，四十三年过去了，我完全听不出你的声音。"

"我不是苏诺，苏诺在十二年前已经死了。"

"怎么会……那分明是她的眼睛，就算她离开我时才十岁，但妈妈怎么会认错女儿的眼睛？如果你不是她，那么你是谁？"

"我是她的挚友，卡维尔·雷泽诺夫。按照约定，我将她的尸骨带回她的故乡。"

卡维尔·雷泽诺夫轻轻说道，他深邃如海的眼睛流出了泪泪长泪，和蜡烛的柔和光芒融成一团闪烁的星光。

第
三
章

青藏高原地下海，犯罪池，奥伯丁港口。

"你恨我吗？老妈妈。"

卡维尔·雷泽诺夫半跪在香笼前，妇人正在给里面添加香料。那到底是什么味道？卡维尔·雷泽诺夫一下子说不准，也许是八角茴香和金欢子苔膏的混合物，也许是薄荷厚帽菇和某种羊齿植物的研磨粉，更或许是一种能在空气中弥漫开的鬼笔鹅膏毒素。

他不禁开始乱想起来，他的心脏在等待一把匕首、一把剪刀或是一根长针的插入。这个曾经性格刚烈的女人会用什么手段对付他？但是如此强大的女人最终也有弱点，她的女儿就是她灵魂的支柱，没有了苏诺，她的人生还剩下什么？

"如果是几十年前，我想我会不顾一切杀掉你。四十三年，对一个母亲而言永远无法弥补。但事情已经发生了，说这些还有什么用呢？你和她都是小孩子，当时我甚至不知道你的名字。"

"你我都已经老了。"卡维尔·雷泽诺夫说道，"能扶我起来吗？"

"当然。"严重驼背的老妇人挽起卡维尔·雷泽诺夫的手臂，

"噢，你真轻。"

卡维尔·雷泽诺夫扶正眉骨处血迹斑斑的绷带。

她继续说："其实你没必要这样做，卡维尔。"

卡维尔·雷泽诺夫："这是我唯一能做的赎罪，老妈妈。你知道吗？我找不到她的尸体，除了她本来的眼睛，带不回任何东西。四十三年前我和苏诺驶出奥伯丁，路过莲花海的时候，她的眼睛被辐射花粉弄坏，船医用死去船员的眼球为她换了一双眼睛，从此之后，她的名字叫作'莹'，是一个单字。我当初和她约定，带她出去走遍世界，没想到这一走就走了四十三年。四十三年后，我在黑暗中挖出自己的眼睛，接上她当年的眼球，它们被封在全封闭液氮低温法拉第笼里，隔绝一切电磁波和氧化剂。我拼尽一切努力，将她最后的尸骨带回到这里。"

老妇人："落叶归根……我唯一的女儿。她离开我的时候才十岁，你用地上的风景和阳光的模样骗走了她……你这个地上的人，带走了我的骨血，如今又在我淡忘一切的时候带回她的死讯。"

卡维尔·雷泽诺夫："'你且远眺那无穷的天涯，见识一下地上的万国与万国的荣华。'旅行和知识是甚于金钱和色欲的诱惑，我的确是她的墨菲斯托。"

老妇人笑笑，卡维尔·雷泽诺夫能听出她笑声里的释然。

"当年苏诺带你来我面前的时候，我就已经看出你那双铁灰色的眼睛不简单。我居然还放任她和你在奥伯丁的大图书馆待了整整一个月……"

蒙眼的卡维尔·雷泽诺夫站起："老妈妈，我们谈得够多了。"

老妇人看着他高大的身影："留下吧，卡维尔。你确定就要这样走出去吗？你现在可是盲人，奥伯丁的凶险比你想象的要可怕得多，也许转一个弯就会被拖进小巷子里。只有我这种毫无价值的老女人才能够幸免。"

卡维尔·雷泽诺夫："那么我就很好奇了，你这种毫无价值的老女人是怎么幸免的？"

老妇人："你觉得我手上的血有洗干净的时候吗？无休无止的凶杀案在这片海洋到处都是。就像我在苏诺小时候经常给她讲的睡前故事，七百多年以前一个叫日本的国家的'幕末时代'……那个词是这么读的吗？算了，反正并不重要……卡维尔，等等，你非走不可？"

卡维尔·雷泽诺夫淡淡说道："我有必须要完成的事。我要回到灰门港口。"

他们没有相互道别，老妇人看他轻轻关上了门，熏香的烟雾伴着淡淡的血腥弥漫在室内，她的鼻子抽动了几下。铜质编织针闪烁着蜡烛的光芒，照亮了香笼旁一双血淋淋的眼珠，那是卡维尔·雷泽诺夫刚才突如其来的拜访留下的唯一物证。她久久凝望独女最后的遗骨，努力从记忆的深处找到她的脸庞，却发现只能回忆起那双波光粼粼的眼和积满灰尘的名字。

那真的只是在四十三年的岁月中早已模糊斑驳的影子，她连挤出几滴泪水都做不到。

四十三年前，离苏诺离开地下海还有两个星期。2580 年 11 月 20 日，地下海，奥伯丁，无名的大图书馆。

黄铜烛台上的红烛烛光沿着幽深的尖券柱廊爬向图书馆的深处，巴洛克风格的巨大双圆心穹顶在无数浮雕的映衬下于木结构的中心缓缓展开，一片寂静中，历史藏书区传来典籍和文献翻动的声音。一盏煤油灯亮起，映出大厅中央挺立的米迦勒雕塑，展翼的炽天使长无言凝望这两个闯入的旅人，如火的双目在鹅黄色的灯光下凝固，高擎的利剑指向远处灰白门廊的断山花。

年幼的卡维尔·雷泽诺夫坐在高高的书堆上，苏诺在成堆的皮革封面装订的莎草纸古卷旁边摆弄她由棉绒补丁组成的布娃娃，不时抬头看这个将她带到这里的男孩。很难想象卡维尔·雷泽诺夫是怎么做到在短短二十分钟内一页一页看完一整本厚厚的大书的，但九岁的苏诺只觉得烦躁，二十分钟对一个小孩子来说太长太长，卡维尔·雷泽诺夫"等半个小时我再陪你玩"的承诺足够让小女孩恍如隔世。

"你在看什么？"苏诺奶声奶气地问道。

"《全球通史》，斯塔夫里阿诺斯的作品。"卡维尔·雷泽诺夫跳下来，将手头上的书艰难地塞回书架。

"噢……来吧，你来当爸爸，我来当妈妈。"苏诺并不明白他回答了什么，只能迷糊又高兴地向他挥了挥布娃娃。这个并不是很好看的布娃娃的性别一直成谜，既可以是她的儿子，也可以是她的女儿，把茶叶塞进嘴里就能喝茶，把面包屑倒进去也能吃饭——一切都取决于苏诺的心情。

"离约定时间还有九分钟。"男孩干净利落地回答，他的眼睛在书架上游走，很快就又挑出了一本书。

"时间早就到了。"苏诺不满地争辩。

"我数着数呢……现在是八分钟。"读书者坐到书堆旁，这次他调大了点煤油灯的光亮。

"你小心点……妈妈说不能动煤油灯呢，小心着火。"苏诺又把头靠在书堆上，继续专注于张罗接下来的过家家。

卡维尔·雷泽诺夫的手在《明治维新的社会变革与动荡》破损的封皮上抚过，又是一页。幕末巨变暗杀迭起的时代吸引了他全部注意力，通史中对那个血腥的年代一笔带过，他不得不寻找更详细的记载。

苏诺玩腻了布娃娃后把头凑过来："啊哦，我知道这个……冲田总司，将近一千年前的人。我妈妈给我讲过新选组的故事。"

卡维尔·雷泽诺夫："新选组？"

苏诺："嗯哼，妈妈只给我讲过新选组的冲田总司、土方岁三和山南敬助三个人。总之，是一群保护坏人，和好人作对的剑士哦，但是最后他们都不见了……所以妈妈说，对抗时代浪潮的人，都是螳臂当车，没什么好下场的。"

卡维尔·雷泽诺夫："剑士？"

苏诺撇撇嘴："你不会连剑都没见过吧？我给你找找书本……喏，这个就是剑，我妈妈平时手上拿的叫刀。"

苏诺翻开的书是一本烂得连封面都看不清了的书，她口中所说的剑也不过是一张失真的照片，千年名刀菊一文字则宗纤细的身躯安静镶嵌在段落之间。这张照片摄于核战时期，在日本本州核爆事件后对历史文物的抢救性发掘中，距 P8-970 号三相弹爆心二十五公里处，巨量电离辐射扭曲了拍摄器材 CCD、CMOS 元件的感光，只留下粗糙的画质和单薄的色调。而卡维尔·雷泽诺夫却一眼凝固于此，清癯的利刃似乎从书上立起，洞穿他的心脏，流出汩汩的热血。他的手指划过它微妙的弯曲弧度，仿佛能触摸到一个千锤百炼的灵魂。

苏诺看着他："怎么了？"

卡维尔·雷泽诺夫："原来这就是剑。"

"是啊。但是后来出现了枪，火绳枪、线膛枪……如果你去奥伯丁码头那里逛一逛的话，就会看见很多人在搬从六分仪座菇群开采的铁矿石，那些矿石就用来做枪支，还有装在蒸汽船上的炮台和鱼叉。你是来自地上的人吧，那里难道没有枪吗？啊……我忘掉了，书上说地面是有其他武器的，不过那些词太长，我记不住……我只记得住我们这里的东西。"

苏诺开始努力回想她的所见所闻，想在来自地上的卡维尔·雷泽诺夫面前炫耀一番，却发现男孩的心思并不在她的话上，他的眼神涣散而无力，不知道在想什么。

女孩有些生气，她用手里的书敲他的头："听我说话！你在干什么？"

卡维尔·雷泽诺夫合上《明治维新的社会变革与动荡》："我在想，农民出身的土方岁三，仙台藩藩士出身的山南敬助，孤儿出身的冲田总司，他们在新选组局长近藤勇的手下为幕府卖命，无非是为了自己的利益。旧日本幕府代表了落后的一方，但即使是在幕府岌岌可危的时候，为什么新选组还选择站在幕府那边？"

苏诺憋红了脸："所以他们是坏人啊！"

卡维尔·雷泽诺夫叹了口气。

"因为他们在眷恋过去的时代，就像装睡的人想拥抱未醒的梦。"

幽幽的女声在他们身后响起，苏诺的母亲手持烛台出现在他们身后。一身黑绒长裙的她静静站在原地，看不出喜和怒，裙摆的流苏在烛光中摇曳，腰间是一把无鞘的大马士革钢弯刀，层层叠叠的黑白刀纹"穆罕默德天梯"在利刃上蜿蜒，冷厉的光芒即使是被黑夜淡化也足以令人畏惧。苏诺咽了咽口水，拉紧身旁男孩的衣袖，而卡维尔·雷泽诺夫连眼皮都没抬。

卡维尔·雷泽诺夫："骆雯夫人，你对这段历史很有研究吗？"

骆雯："外乡人，我只是来带回我的女儿。"

卡维尔·雷泽诺夫站起："其实我很奇怪，我之前从来没有听说过这个地下海的存在，就像旧日本的人们没有听说过一个隔着太平洋和他们遥遥对望的国家。"

骆雯："我很意外。我们对地上的世界除了书本上的知识几乎一无所知，不过也不至于连存在都不知道。但事实上，你是我知道的第一个来自地上的人。如果不是苏诺把躺在岸边的你带到家里，我对地上的了解依然只停留在书本……"

拉着苏诺的手，卡维尔·雷泽诺夫行走于林立的书架，他在将散落在地的书分毫不差地一本一本放回原位。听到骆雯的话后，他的眼微微眯起，小心地选择措辞："地下海的图书馆，不止这里一个吧？"

"当然。分布在各大港口的图书馆通过海上航道互通有无。地下海最大的几个图书馆，奥伯丁就是其中之一，主要收藏来自旧欧洲的书籍，灰门图书馆则是最大的旧东亚文化中心。你手上这本谈明治维新的书，和苏诺翻开的图鉴，多半是来自灰门港口。"

"噢……原来如此。"

骆雯："怎么回事？看表情你完全不知道灰门港口。你到底是怎么从地上下来的？沿着云梯的旧址吗？我听闻当年的落石把上千米的通道堵死，那段云梯被环切应力扭得不成样子。"

男孩抬眼，他的语气有点迷离："云梯……不是，我们从另外一条路来。"

骆雯："有意思，这几百年来，有无数探险者探索去往外界的路，但他们无一例外全都失败。你听闻过马刀座菇群吗？那里的发光蘑菇就是长在探险者墓地上的，每年都会有成批成批的探险者尸体被扔到那上面去，特别亮……呵，说这么多有什么用呢……对于你们而言，地下海也不过是个被你们放弃的地方。几百年前我们的父辈用生命和肉体为你们挖掘矿脉，而地上的人却在大坍塌后封住了向上的路，让整个地下海和地面彻底隔绝。"

卡维尔·雷泽诺夫:"油矿?大坍塌?那是什么?"

骆雯冷哼一声,脸上愤怒的神色愈发明显:"你不知道?油井和输油厂遗址至今依然在灰门港口。三百年前的巨大工程,十四万人挖了几千米的深井来到这里,贯穿地壳的大云梯却因为一次爆炸被堵塞,地上的人最后却任由他们自生自灭。事件发生后,这十四万手无寸铁的人永远留在了地下海,他们开拓最初的港口又发现煤矿和菇油,一代又一代,直到我们现在。"

卡维尔·雷泽诺夫叹了口气:"你们的科技水平落后地上不止一个时代。"

骆雯歪歪头:"当然,清洁的水源、有多种口味的食物、在水上漂浮的气垫、在空中飞翔的船……我小时候就从图书馆里的书中得知这些,那都是我们本该享有的。"

卡维尔·雷泽诺夫抬眼:"你不会喜欢的……你知道吗,夫人?你们已经是文明最后的火种。你从书上得知地上人类的美好生活,但是你知不知道,我们甚至连书都不能翻开。"

骆雯认真看着他。

"准确地说,是不再有求知的自由。地上对知识的流通设立了严格的监管体制,地下海所尊敬的博学者在地上不过是一只过街老鼠。"

"怎么会这样!这样做有什么意义?"

"我不知道,夫人,我只能说我不知道。"

"怎么会?"

"……"

卡维尔·雷泽诺夫不再说话,骆雯无奈地陷入了尴尬的沉默。她第一次对上这个小孩就觉得很气馁,卡维尔·雷泽诺夫在她居高临下的气势前无动于衷,她旁敲侧击的话术也毫无作用。卡维尔·雷泽诺夫以与年龄完全不相称的镇定与她对视，那双铁灰色的眼睛让曾无数次破海远航的骆雯夫人如芒在背，让她想起在船舷与无光深海对视的瞬间。

骆雯丧气地将手从腰后匕首的柄上放下。

大理石铸成的米迦勒依然远眺着悬挂的煤油灯，剑下凝固的龙颜在无声地咆哮。

"老妈妈，你四十三年前问我，地上的人为什么要对知识进行管制。当时我不知道答案，那么四十三年后，现在我终于可以回答你……"开门之前，执起长杖的卡维尔·雷泽诺夫慢条斯理地说道。白发苍苍的骆雯抬起头看他，她已经完全记不起当时的对话，只能记起离开大图书馆时女儿泛红的双眼，只因自己把她和她的男孩分开。在那一刻，骆雯觉得这是此生最对不起女儿的时候，然而一个星期后当她准备跟再也没跟她说过话的苏诺好好谈谈时，却发现她的身影已经在奥伯丁码头一艘远航的船上，和卡维尔·雷泽诺夫一同随着波涛消失在远方。

骆雯轻轻呼出一口气，嘴角勾起一个苦涩的弧度。她早已不关心这个问题的答案，一个风烛残年的老妇人，已经失去了理解和消化的能力。骆雯有的只是悔意，没有在墨菲斯托带走浮士德之前倾尽全力杀掉魔鬼，是她一生最痛彻心扉的遗憾。

然而现在同样已然老去的墨菲斯托就站在她面前，但内心早已空无一物的她再也执不起利剑。她带着空洞的眼窝呆滞地陷入缠绵的回忆，根本没在意卡维尔·雷泽诺夫的话。

盲眼的社会工程师看不到她的表情，只是自顾自地说了下去："因为他们在眷恋过去的时代，就像装睡的人想拥抱未醒的梦。"

第四章

2623年12月16日，南海大陆架城，Sz6计算中心量化犯罪部，中央控制室。

一条查询指令在富有节奏的键盘敲击声中生成，沿着节点和中央通信专用的量子加密信道直达中央系统，拉斐尔·加罗法洛下属数据库的反注入式攻击检测模块没有将其拦截。这条指令通过了层层的正则规范化表达监测和权限监测，以二进制的形式呈现在拉斐尔·加罗法洛前。

系统很快做出了相应的回应，显示屏上浮现出密密麻麻的文字。

王钢有些头晕，眼睛开始老化的犯罪学家已经不太适合这种对着电脑的工作："老罗，你来看吧。我眼睛不行了。"

另一边的罗隐把椅子挪过来："老了啊，钢哥。人工泪液在桌上……这是什么？"

王钢揉揉眼睛："卡维尔·雷泽诺夫的精神评估报告。中控室电脑的字体太小，我他妈还没权限把它弄大，每次看文件都烦得要死。"

罗隐了然地哦了一声。卡维尔·雷泽诺夫谋杀案最近让量化犯罪部的人忙得焦头烂额，连中央控制室这个养老单位的工作强度都大了很多，值班时间从原来的每天八小时增加到十二小时，更不要说以年轻人为主的执法者机器人调控部和综合情报分析模块维护部，罗隐和王钢去接咖啡和轮班回家的时候他们还在座位上奋斗。

"卡维尔·雷泽诺夫最早在三十年前被拉斐尔·加罗法洛确认为潜在抑郁症患者，理由是……我看看……符合抑郁症患者的行为模式，这什么鬼理由？在十五年前被认定为中度抑郁症患者，需要社会力量干涉介入，被强制划入'快乐生活'社团。"

罗隐努力阅读着屏幕上的小五号字体。

王钢笑了出来："我听说过这个社团，但是貌似一点用处都没有。就是周末固定的故事会，还有很多人根本就一次都没去过，如果不是执法者把他们拖出来的话。"

罗隐："嗯……那个社团是专门帮助抑郁症患者的。"

王钢："抑郁症是什么？一种病吧？"

罗隐："是啊，一种精神疾病。具体我也不知道，照着报告来念的。"

王钢："噢，那就是精神分析科的职责了。你继续。"

罗隐："卡维尔·雷泽诺夫只收到过警告，直到他被拉斐尔·加罗法洛判别为重度抑郁症患者，执法者 OPTA 才发现这件谋杀案……理由不会又是符合抑郁症患者的行为模式吧？……嗯，长期重复同一动作。"

王钢："这是什么意思？"

罗隐："卡维尔·雷泽诺夫的眼球被放置在一副 VR 眼镜里，那副眼镜以星期为周期重复播放着日常的生活，睡觉、吃饭、玩游戏……而且还是同一个游戏。他每天起床的第一个动作就是点烟，果然和我一样是个烟鬼。"

王钢："有意思，目前拉斐尔·加罗法洛给出的判断是什么？"

罗隐："谋杀案。现在执法者机器人在满大街找卡维尔·雷泽诺夫的尸体。"

王钢："但是我觉得它们应该找不到，如果真是谋杀，五年时间足够白骨化加被侵蚀完全了。等痕迹鉴定科的报告，他们会给拉斐尔·加罗法洛一个交代的。"

罗隐没有接话，他从原来的位置上站起，不断在中控室大厅内踱步。站在平实的复合地板上，他却再次感受到了数十年前云中港口的那种强烈不安，仿佛是伊甸园的古蛇缠着脊椎盘旋而上，带有冰凉滑腻的触感。最终驻足在落地窗边的计算机工程师望着深沉的日落，逐渐隐于云幕背后的夕阳被勾勒出清晰的轮廓，晕染出的诡异颜色让他蓦然想到卡维尔·雷泽诺夫的眼睛。

他猛一个激灵："请求接触拉斐尔·加罗法洛的数据库，我要查一个人。"

王钢慵懒地抬头："谁？"

罗隐转身："莹。"

十二年前，2611 年 12 月 4 日，南海大陆架城边缘，工厂区，大型电炉炼钢厂。

筋疲力尽的渗透工程师艰难行走于巨大的露天废钢原料场中，在东倒西歪的报废机器人之间寻找落脚点。悬空的巨大标牌在灯光中投下的阴影遮蔽了他的身影，抬头看去能看到电气控制的钩钳正在把报废的机器人一个一个夹起来放到流水线上运入车间。他站在日暮的黑暗中仔细听了听，是激光切割机轰鸣和电磁感应反应釜运作的声音。

破旧的皮靴踏在被电容液污染的土地上，从缝隙中艰难生长的金色合欢花被人造皮革的靴头一脚踩扁。眼科医生的心情和心跳都很糟糕，他在差分机的遮尘板上看到卡维尔·雷泽诺夫留下的信息后就从下水道系统前来此处，铁皮上用锥子扎出的破洞用盲文翻译过来就是"莹出事了，来炼钢厂"。

　　差分机的齿轮旋转会积累热量，多年来因为铜质部件受热膨胀而损坏的零件足够再架起一个新的差分机。在湿度过重的时候润滑油会糊作一团，而在干燥环境下差分机甚至会产生静电，然后吸附各种各样的灰尘，其中也包括卡维尔·雷泽诺夫经常生产的蛋糕屑。莹一直对各种扭曲报废的齿轮和螺钉耿耿于怀，在很长一段时间内，她每天都在尝试用锤子和扭钳修复它们，但很快零件报废的速度就超过了再生的速度，她不得不肩负起寻找替代零件的任务。

　　坐落在南海大陆架城边缘的废钢场自然成了她的目标，每个星期都会有不能再使用的机器人被运往这里成为电磁感应炼钢炉的原料。它们报废的原因一般是电路板彻底烧毁和大部分电子元件损坏，但这并未影响它们机械部件的实用性。相对查尔斯·巴贝奇和阿达·拜伦时代，七百年后的工业体系即使遭受核战的毁灭性打击也必然远远优越于它，在机器人的尸体上随随便便抠出一个尺寸差不多的零件，就能够再供全速运转的差分机使用两三年。

　　废钢原料场并不难翻进来，只可怜了他的皮裤被铁丝划了几道难看的痕。站在铁丝网前他还有些犹豫，但很快他就下定了决心。飞跃在空中的时候他还能感觉自己的血液在升温，但原因到底是什么，莹的安危？卡维尔·雷泽诺夫的信息？差分机的危险？他并不清楚，只知道紧贴在衣兜里日夜携带的手术刀依旧锋利。每次行走在下水道的黑暗中的时候，他都会幻想一个向他扑过来的吸毒者，然后医生就会用这把刀在拉斐尔·加罗法洛反应过来之前割断对方的喉咙，可惜这把手术刀却从未有机会出鞘，在甬道里陪伴着杜韵的，除了笼罩在暖黄灯光和惨白蒸汽中的差分机，便唯有让他彻底丧失空间感的无边黑暗。

身着肮脏背心的渗透工程师盘算着怎么绕过拉斐尔·加罗法洛突入车间，然而这在准备不足的情况下根本不可能做到。就在他想得头破血流的时候，瞥到工厂边缘一处开着的窗，那里没有监控，他评估了一下五层楼的高度和自己腰椎间盘突出的程度，决定搏一搏。

闭上眼睛，凭借着管道和空调的帮助，他艰难地爬入车间的一个办公室，如果刚才有人在看的话，恐怕会将他误认为是一只黑树懒，笨拙地扭动屁股在树丛间腾挪。人到中年后发福的身材的确已经不太适合这种年轻人的极限运动，他站在空无一人的办公室中回想起巷道里的斗殴、港口的裸泳派对和舞厅的暧昧灯光以及口袋里从未染血的手术刀。他已经半老了，颈椎病和关节炎一直在折磨他，这么多年过去，莹也逃不过法令纹和鱼尾纹……哼，但卡维尔·雷泽诺夫还是那么瘦，特别是他留了大胡子之后更显如此。

"啊，我在想什么呢……"杜韵摇了摇头。人老了以后，每至日暮便容易徘徊在失色的过去，拍着将军肚的肚皮，陷入不合时宜的沉思，以至于没有发现办公室角落连接着拉斐尔·加罗法洛的摄像头早就对准了他。

"啊，非法入侵。要吃上两年的清粥和馒头了。"

他只是愣了一愣，随即如释重负地从口袋里颤颤巍巍掏出封存已久的手术刀。26号手术刀片在眼科医生肥大的手上转出几朵轻盈优雅的花，狰狞的刃线泛着保养不当的油腻与夕阳最后的光，灰白刀身倒映出一百八十斤的渗透工程师和开始融入夜色的苍穹。

"卡维尔，它还在动。"

面无表情的莹看着被分成两半的机器人，轻轻对沉默的卡维尔·雷泽诺夫说道。挣扎于车间光滑地板的执法者拼命将手臂伸向远处不断抽动的下肢，蠕动在金属和橡胶熔化的焦臭味中，如同被腰斩的蟒蛇。

"别怕。"

站在莹身旁的卡维尔·雷泽诺夫轻声说道。他手上的小型剑柄状激光切割器取自电磁感应炼钢炉前的废机器人切割作业流水线，他随手一掰就将它从松动的球铰支架上取下。磁场约束的高温等离子束越过钢铁的躯体，就像烧红的餐刀搅入黄油，快得让人难以置信。高强度耐高温奥氏体镍铁铬合金外面板瞬间被聚能激光轻描淡写地劈开，露出森森的内部零件和血液般黏稠的冷却液。

卡维尔·雷泽诺夫关掉能量微弱的光剑，离开机床的有线能源供应后，切割器内部的应急激光储能电池只能支撑一小会儿。橘黄色的激光束消失在大气中，地上的执法者机器人也终于停止抽动，在耗尽最后的能量后安然拥抱自己的命运。

"拉斐尔·加罗法洛看到你了。"莹的声音很低。

"所以呢？"

"都是我的错……执法者是冲我来的。我不该贪心去拿那个铬合金螺钉……"莹懊悔地叹了口气。寻找零件的她一向只活动在外部露天的废机器人场，而今天她经过电气钩钳却看到了一个废弃的高级执法者机器人。眼红于它的优质合金骨架，她鬼使神差地爬上切割流水线，伸出手想要抠下它身上的几个螺钉，然而却差点被掠过的激光切割束斩断手臂，只能狼狈地从流水线上滚下来，落到车间内摄像头的视野中，随后和车间里的几个执法者机器人玩起捉迷藏的游戏。如果不是总是低头玩手机的卡维尔·雷泽诺夫及时发现她的求援信息，恐怕她的手臂已经被执法者折断。

卡维尔·雷泽诺夫对她点点头："没事。这里是监控的死角，执法者遭受的是从后方的攻击，我的视线和激光剑是分离的，所以我们目前都是非法入侵。"

莹："但是你跟我说过，我绝对不能被执法者抓住。"

卡维尔·雷泽诺夫："是的。当你的目光集中在电气钩钳上的时间过长的时候，拉斐尔·加罗法洛肯定已经给出了抓捕预警，这也是为什么你一落地执法者就能马上就位，幸好这里是城市边缘，执法者的数量不多，而且型号也比较古老。但是你要记住，所有被抓获的犯罪者除了虹膜检测，还需要接受指纹和DNA检查，一旦被抓到，你的身份就会立刻暴露，到时候就不是非法入侵这么简单了。"

莹紧张地摇了摇头，她用颤抖的手指挑开眼前的刘海："那现在怎么办，卡维尔？拉斐尔·加罗法洛和机器人失去了信号连接，系统下属的执法者部队肯定在赶来。"

"等。"

"等什么？你的意思是……"

社会工程师在执法者机器人面前蹲下，手指轻轻抚过均匀的条状断口，激光切割器造成的创口比他想象的还要干净利落，平整光滑，不见丝毫嶙峋。他回想起多年前在大图书馆内厅所见的菊一文字则宗，入鞘的武士刀在阴影中被苏诺缓缓抽出，他能看到的唯有刃身刺眼的锋利。此刻他突然想到，如果由他执起这把传说中曾由冲田总司所握的名刀纵横于古老的战场，是否也能在敌人的身躯上斩出如此的伤痕？

他的嘴角扬起一抹诡异的微笑，目光投向切割流水线终端的电磁感应炼钢炉。

第
五
章

　　四十三年前，离苏诺离开地下海还有一天。2580 年 12 月 3 日，
地下海，奥伯丁，无名的大图书馆，内厅。

　　"剑。"

　　苏诺有些得意地向卡维尔·雷泽诺夫说道，手指指向被封在玻
璃柜里的武士刀。她抬起手挠了挠头，摆正晃动的头发。被她晃来
晃去的马尾扫在脸上的卡维尔·雷泽诺夫忍住喷嚏，望向苏诺所指
的地方，一尘不染的黑梨花木鞘和整整齐齐的麻条刀绳，在烛光中
晕染出朦胧的光芒。沉默的武士刀在充满文艺复兴气息的图书馆内
厅显得格格不入，也或许正是如此，他才能在进门的第一瞬间就捕
捉到它优雅的刀反。

　　男孩在柜前踮起脚尖，努力将视线放到与刀平齐的地方："这
是……"

　　"菊一文字则宗。"苏诺挤开扒在玻璃上的卡维尔·雷泽诺夫，
掏出一把钥匙打开了玻璃柜，随后笑嘻嘻地补充，"偷来的，别告
诉我妈妈。"

男孩就这样呆呆看着女孩从刷黑漆的酸枣木刀架上取下了入鞘的古刀，调皮地对自己吐吐舌头，将武士刀藏到身后。卡维尔·雷泽诺夫不复淡定，着急的他想摸一摸菊一文字则宗，但向苏诺伸出的手却被后者轻盈避开。蹦蹦跳跳的苏诺和卡维尔·雷泽诺夫在内厅里追逐了一阵，最终在弄翻一堆又一堆摆好的书后停下。

满头大汗的男孩狼狈地抓住了苏诺的马尾："你在干吗！"

苏诺依旧打开卡维尔·雷泽诺夫伸向菊一文字则宗的手："卡维尔，你要先答应我一件事，我才会把菊一……啊呸，好长的名字……菊一文字则宗给你。"

男孩只好放开她的头发，叉着腰瞪她。

"喏……卡维尔，地上是不是有个叫'阳光'的东西？"

女孩轻轻问道，她的眼里闪烁着毫不掩饰的向往，手指欣喜地在怀里的武士刀前绞成一团。

卡维尔·雷泽诺夫撇开眼，没好气地回答："当然，每到白天到处都是阳光。"

"那么，带我去看吧。"

"嗯？……那可是要去到地上才能有的景色哦。"

苏诺嘟起嘴："我不喜欢这里，你懂我意思的。"

卡维尔·雷泽诺夫深深地看了她一眼："我明白。但是我再问一次，你确定吗？"

"没关系的，我早有觉悟啦……"

苏诺无所谓地笑笑，在一轮久久的无言后放下沉重的武士刀，置于左手虎口，以鲤口切的推法按出菊一文字则宗的刀锋。她面前的男孩目不转睛，不知道是盯着白皙的少女，还是在看着出鞘的利刃。

咔嚓。

刀锷与刀鞘分离的清脆声响在漆黑的虚空响起，和女孩棉花糖般柔软的撒娇声回荡在这空旷寂静的大图书馆。一如两星期前骆雯离去时背对他的一声轻轻叹息，卡维尔·雷泽诺夫竟听出一丝和她母亲如出一辙的万古闲愁。

"就像你说想见识剑是什么，我也想看看阳光的模样呀。"

太阳……

双手撑在栏杆上的莹目眩于电磁感应炼钢炉盛满后溢出的光芒，鸣叫的高压交流电将钢铁和合金熔成一团流动的火焰，附着于巨大的紫铜线圈和灰白的高铝炉膛。只需一眼，她就深陷在这堪比烈日绽放的盛景，久久伫立于此不发一言。

她深深吸了一口气。

UHP 炉（超高功率电磁感应炼钢炉）的液压控制系统已经被渗透工程师成功渗透，电炉的外盖在杜韵的操控下缓缓打开。他手上的 26 号手术刀片直接插入控制台核心作为外载电极，并在手术刀柄上神奇地拉出两条数据线插到手机上，不花什么力气就利用 MITM 攻击（中间人攻击）劫持了液压系统和控制台的无线信道。气喘吁吁的卡维尔·雷泽诺夫将执法者机器人的尸体搬上电炉上方的横梯，蹲在控制电子电路旁的杜韵朝他挥手。

"现在直接扔下去吗？"

拖着流了一地黑色电容液和润滑油的机器人残肢，卡维尔·雷泽诺夫来到杜韵身边。两人别过脸去，确认对话不会被拉斐尔·加罗法洛监控后，杜韵敲了敲地板，三长四短，作为开始谈话的信号。

"不行，必须等到外盖的开启角度大于三十度。那个时候液压油汞的输出功率会达到最大，我们必须在炉膛压力曲线最不稳定的时候把执法者扔下去，将被发现的概率控制到最低。"杜韵看着仪表上的读数说道。

卡维尔·雷泽诺夫："这个开启速度……至少要十五分钟。系统的执法者部队到哪里了？你能渗透进执法者的智能模块控制它们吗？"

杜韵："不知道。执法者的调度系统属于顶级加密保护的模块，我没办法在这种情况下攻入。"

卡维尔·雷泽诺夫："那意思就是，还是有办法的，对吧？"

杜韵："MITM 方法可以拦截拉斐尔·加罗法洛和执法者之间的通信。但别在这个上面抱任何希望，现在没有这个条件，我就明确地告诉你我做不到。"

卡维尔·雷泽诺夫背靠着铁护栏在横梯上坐下，望向远端正在俯视电炉的莹："啊……不知道我们现在的犯罪置信度是多少呢？"

杜韵抬起手擦了擦额头上的大汗："如果你想知道的话，我可以把电极插进你的眼睛里读取拉斐尔·加罗法洛对你的犯罪置信度评估，这个不是加密的信息。"

卡维尔·雷泽诺夫眯起眼睛："麻烦有点大。"

杜韵叹了口气："非法入侵是小事，破坏系统下属机器人就是大事了，等着蹲十五六年的监狱吧。不过我想这对你来说也算不了什么……但是听你的语气，难道你有后手吗？……我想你应该有后手，你能等到我来打开炉盖，说明你至少有解决办法……你从来没让我们失望过。"

卡维尔·雷泽诺夫不置可否地笑笑。杜韵偷偷侧头瞄了他一眼，只看到他那铁灰色瞳孔中钢水炽热的倒影，仿佛一只扭曲的怪物在烈火中静静燃烧，让渗透工程师联想到哈希加密的混乱编码。

连接着电磁感应炼钢炉的激光切割流水线还在运作，切得整整齐齐的部件被运入废钢桶倒进电炉。在电炉外盖和横轴的摩擦声中，社会工程师从破旧的皮夹克里掏出一根烟，心满意足地点燃，看着一缕灰白色的烟雾蒸腾而上，模糊了远方的钢。渗透工程师全神贯注于横梯上的电炉控制面板，甚至没发现叼着烟的卡维尔·雷泽诺夫已经越过他走向被堪比太阳的白炽光迷住的莹。尼古丁从卡维尔·雷泽诺夫的浓密山羊胡下涌出，莹皱着眉把头扭向他的方向。

卡维尔·雷泽诺夫的手指敲着变种的摩斯电码：执法者部队正在赶来。杜韵没办法渗透执法者机器人，我也没办法降低犯罪置信度。但是我们绝对不能让你被执法者抓到，看起来得走第二套应急预案。

莹咦了一声："还有 B 计划？"

卡维尔·雷泽诺夫继续轻轻敲打铁质护栏，发出叮叮叮的响声：比较复杂。拉斐尔·加罗法洛的基站还没能覆盖核辐射区的深处，所以在核辐射区中我们可以躲过系统的监控。据我所知，这几百年来基站的建设一直处于停滞阶段，而核辐射区深处残留的辐射也应该散去了大半，至少能让我们活下来。我们只需要找到一条路前往旧大兴安岭，再找机会进入旧符拉迪沃斯托克，就可以在东西伯利亚……

莹厌倦地摆摆手，打断他："我知道了，我知道了。"

卡维尔·雷泽诺夫收回手，认真地看着她，嘴角被浓密的胡子遮盖，莹看不出他是在生气还是无动于衷，只能看到滚滚的白烟从山羊胡下弥漫开来，如同燃烧煤块所产生的黑烟从烟囱喷出。

莹只能回以一声长叹："我不想再听下去。我小时候很喜欢躲在家里看《孙子兵法》和《高卢战记》，但长大之后回想，只觉得那真的很累。卡维尔，我只是个凡人，我只想活着。"

社会工程师的话没能再继续下去，因为有着黑色眼睛的女人已经把注意力再次集中在溢出白光的炼钢炉上，就像当年她和骆雯漫步在大图书馆的画厅内，流连在爱德华·蒙克的《晨曦》前，仰望一片绚烂刺眼的金光从海平面上升起，那时的她还不知道壁画中央那块干净利落的黄白涂料就叫作"太阳"。原来处在旧挪威奥斯陆大学讲演厅的这幅壁画和米开朗琪罗所铸的米迦勒雕塑一样，在核战彻底爆发之前被妥善地藏好，经过不知道多少颠簸流转之后安放在奥伯丁的大图书馆里。当她还是苏诺的时候，每次驻足于此都会渴望与阳光和拂晓相会，但年幼的她绝对不会想到，散发着无穷热力和光芒的钢浆也能如烈日一般灿烂，灿烂得令人本能地畏惧。

卡维尔·雷泽诺夫倚在护栏上，突然说道："真像太阳，是吧？"

莹沉默了一阵："卡维尔，真正的太阳，会有这么灼眼吗？"

卡维尔·雷泽诺夫："你没在飞艇上看过日出吗？我们在云层上飞过那么多次，我以为你应该看够了才对。"

莹耸耸肩："飞艇的防辐射铅化玻璃是半透明的黑色，有时候还会降下防强紫外线隔板。说实话，这么多年来，我都没见过真正的太阳。"

卡维尔·雷泽诺夫哑然失笑："什么能称得上是真正的太阳呢？这么多年来，你只不过是在追寻一个永不可知的物自体。"

莹笑笑："那么你呢？你以为你追寻的就存在吗？"

卡维尔·雷泽诺夫站在原地，一言不发。

莹压得很低的声音带着一丝唏嘘和祈求："我累了。停下吧，卡维尔，忘掉数据包、差分机和侧信道攻击，出狱之后留在气象局安静度过我们的一生。你要明白，你在与这个时代为敌。"

卡维尔·雷泽诺夫慢吞吞地接话："杜韵也这么说过。"

莹紧紧攥起拳头，她终于按捺不住地爆发自己的情绪："卡维尔·雷泽诺夫……"

但杜韵的大喊直接打断了她。渗透工程师大声读出执法者部队的位置，他刚才从炼钢厂外的摄像头看到了这些直属拉斐尔·加罗法洛暴力机关的执行机器人。机器人快速穿行于林间的小道，两米五高的巨大身形使得它们很容易就能被杜韵从丛生的灌木中辨认出，而执法者们所握的非致命电击呕吐棒更是确认了它们的身份。

把青筋暴起的莹扔在一边，叼着烟的卡维尔·雷泽诺夫踱步回来："可以扔下去了吗？毁尸灭迹都这么麻烦。"

渗透工程师扫了一眼炉盖的开启状况："再等四分钟。"

卡维尔·雷泽诺夫："如果不等会怎么样？"

杜韵站起："拉斐尔·加罗法洛同样也在监控炉膛的压力曲线，任何异常的抖动都可能会引起它的注意。别乱来，模式识别系统在识别函数图像上的敏感度绝对远远超乎你的想象，我们必须等到最稳妥的时候把执法者的尸体扔进去。"

卡维尔·雷泽诺夫："我明白了。"

杜韵："门外的执法者会在两到三分钟之内到位。"

社会工程师点点头，望向不再倚靠在栏杆上的莹，面无表情的她大步流星走在横梯上，长靴敲出沉闷的声响，让杜韵和卡维尔·雷泽诺夫一齐想到港湾区停在电线上的黑乌鸦，安静而愤怒，随时要暴起伤人。燃烧到一半的烟头从卡维尔·雷泽诺夫手上坠下，落入沸腾着的电磁感应炼钢炉。

杜韵看了一眼炉膛压力数值："别乱来，卡维尔·雷泽诺夫。"

火光在卡维尔·雷泽诺夫手上闪烁了一下，另一根一模一样的烟被打火机点燃，另一阵呛人的烟雾在嘴角边浮起，只不过却不是尼古丁的味道，而是连陪伴烟鬼多年的杜韵也说不上的香气，像是腐烂的蜂蜜渗出的甜腻。此时的他不会知道，这根烟的味道会像鬼魂一样勒紧他的喉咙，缠绕在他的余生。

卡维尔·雷泽诺夫伸出手拦住莹，眯起的铁灰色眼睛被黑色的睫毛遮盖，但微微抽动的嘴角出卖了他混乱的心绪。他几乎是凑在她耳边说话，每一个字都仿佛从牙缝里挤出："苏……莹，听我一句！……"

莹退后半步，在缭绕的烟雾中直视他的眼睛。

他们的脚下传来车间大门开启的声响，电磁感应炼钢炉如镜般光滑的外壁倒映出机器人的钢铁躯体。

一滴冷汗沿着卡维尔·雷泽诺夫的鬓角滑下。

"留在上面。"

莹决然拨开挡在她身前的社会工程师，甩开渗透工程师拉住她的手。在两人的注视中，挺胸抬头的她就这样一步一步径直走下黑铁铸成的长梯，那真的是一个王后提起克里诺林长裙的裙摆款款走下雕花的螺旋楼梯；当她的脚步轻轻点在车间的钢铁地板上，便如同踩着水晶鞋踏上金碧辉煌的宫廷般优雅与目空一切。如果平时和她打牌的朋友们也在此，一定会惊讶于她的眼神，惊讶于这个落魄的编制外女工、总是灰头土脸的计分者，竟然也会有这种锋利得让人不敢直视，独属于鹰鸷和黑猫的气质。

执法者们围了上去。

"你干吗拉住我！我们躲起来还有机会避开执法者的搜索，等到把被砍成两半的执法者扔进炉里，我们就只剩下非法入侵这个罪名了，不过是两年罢了！你们两个是疯了吗？！"

杜韵终于挣脱了卡维尔·雷泽诺夫的钳制，被一股突如其来的怒气冲昏头脑的他挥舞着双手，还没来得及惊叹看上去瘦弱无比的家伙居然有如此恐怖的力量，便不顾拉斐尔·加罗法洛的监控，愤怒地对着他吼叫。

但社会工程师寂静如深海的眼神瞬间让他冷却，仿佛整个人被一下子丢进泛着白雾的液氮。卡维尔·雷泽诺夫只是将食指竖在了唇边："你生命的全部秘密，不在于你无所不能，而在于你相信自己无所不能。"

　　激光切割器在莹的手上绽放出刺眼的光芒，渗透工程师近乎呆滞地看着聚能激光翻飞出一朵血红的玫瑰花。

第六章

我从未见过真正的烈日，正如我从未真正挥起过刀剑。

和万世被黑暗和寂静笼罩的奥伯丁一样，南海大陆架城也终日被灰色的阴云遮蔽，永恒翻腾在城市上空的雾海是尚未散尽的核冬天。唯有气象局飞艇破开云层的那一刹那，我才能看到真正的阳光，即使隔着灰黑色的偏振玻璃窗，我也能感受到那份灼目的明耀，如同刺穿我心脏的利剑，所有的血液此刻都为之沸腾。

流传在地下海里的传说，最令人向往的也莫过于无数图书上曾描述的阳光。无数人为了虚无缥缈的故事去探索这片依旧充满未知的地下海，他们有的最终发现了新的岛屿，有的最终发现了新的星座，有的最终发现了新的海怪，但更多的人却长眠于马刀座菇群的探险者墓地和无声的深海。

而他们却未能带回一片真实的阳光。奥伯丁的跳蚤市场上总有人在高声叫卖在大海边缘捕捉到的阳光，他们声称把阳光装进了六面镜子组成的盒子，通过透镜向内窥去，便可以看到和书上描述一模一样的"绚丽""璀璨""灿烂""辉煌"。而上当的人偷偷买下回家观看，却发现那根本是个彻头彻尾的骗局，所谓的阳光，不过是盒子内壁的淡黄萤石。

但我一直确信，阳光的存在是真实的。因为我曾经在妈妈的床底见过它，它被封在一个镜面矩阵盒中，我偷偷把眼睛凑到透镜的小孔上，目及之处尽是光明，离开盒子的时候才发现泪水已经浸湿盒盖上的琉璃，通红的右眼被严重灼伤。而在那次差点让我瞎掉一只眼的探险后，我也终于明白，为什么人们总在渴望太阳：在黑暗而寂静的地下海，一丝阳光的躁动就足够成为令人沉沦的毒品。

后来卡维尔跟我说，封印阳光，那是真正完美的镜子才能完成的壮举，而生产百分之一百反射率镜面的工业体系，只可能存在于科技发达的地上而不是停留在蒸汽时代的地下海。

于是我对他说，带我走吧，我要去地上。

卡维尔听完笑起来，往后在我们相互陪伴的三十一年里，我未再见一向寡言的他露出如此让我心跳的笑容。

那时我以为，地上的阳光就像地下的黑暗，永远也不会退去。但是我错了，日落、日出、正午，地上有着光明的护佑，黑暗却依然如影随形。

来到地上短暂的狂喜后是深切的失望。对我而言，云上和云下才是两个世界。然而卡维尔虽然明白我对地上风景的向往，却未曾理解我对阳光的痴迷。他永远也不会知道，当我和他乘着蒸汽艇通过长长的岩溶洞离开地下海的时候，日光和水滴一齐通过破缺的铁皮漏进船舱的瞬间，我一生都不会忘记。

我同样难以忘怀的，还有他将我的手握在手心时，那双铁灰色的眼睛闪动着的奇异光芒。

现在我想起对卡维尔·雷泽诺夫说带我走的时候，他微妙的表情和语气。他警告我，这是一次有去无回的旅程。但我并不在乎，即使那时懵懂的我只是一个抱着洋娃娃的羞怯女孩，但眼神里却藏有猛虎和利刃。

是的，大图书馆守护者的女儿无所畏惧，她是乘着蜡翼飞向烈日的伊卡洛斯，穷尽这一身的羽毛，忍受太阳炙烤的苦痛，只求能在坠地之前拥抱一丝热烈和光明。渴望温暖是人类最后的本能，无论是那灿烂的阳光还是不值一提的爱。

剑术大师挥舞着嗞嗞作响的光剑，踩着诡异的步伐神速欺身上前。橙黄的激光束游弋在围拢的机器人之间，浪涛般的剑势凝成密不透风的高墙，执法者们刚扬起手中的电击棒就被精准切落手腕，继而在一片散落的电火花中拦腰折断。这些普通的治安机器人只擅长大力敲打被它们高大身躯吓瘫在地的犯罪者，它们在苏诺面前甚至撑不过一个回合，翻飞舞转的聚能激光束在短短十几次呼吸之间斩下一地断肢和机油，比最锋利的镰刀收割最脆弱的麦子还要简单。

苏诺的屠杀依旧行云流水，不愧是三十多年前在破旧木桩和玄武岩地板之间接受过最艰苦训练的大图书馆守护者。即使时光荏苒，守护者亦未曾忘却身上流动着的剑术师血脉，她永远记得她的妈妈把木剑递给她时低沉的语调："诺诺，大图书馆是一切从古到今知识的封存地，但有些知识连最优美、简洁、精准的言语、遣词、句法都难以描述，它们不能被书籍承载。"

苏诺仰起头问："那应该用什么呢？"

骆雯只是笑了笑："人。"

呼，哈……哈。

剑术大师深深呼吸，干净利落俯身躲过对方从左到右的横扫，光剑斜转向偏离中线，正交击出手直接带落最后一个执法者的头颅。低垂的剑尖在一个轻盈的皮鲁埃特旋转中划出优雅的三段弧，如同在冰上展翼滑行的黑天鹅。

呆呆地看着车间地上的一片狼藉，横梯上的渗透工程师竟忍不住从身躯到灵魂地颤抖，发软的双脚支撑不住肥胖的身躯，整个人向后倒在栏杆上："她是谁？"

卡维尔·雷泽诺夫叼在嘴边的烟抖动了一下："莹。"

杜韵闭上眼睛："你们都疯了……"

卡维尔·雷泽诺夫一言不发，这个垂下眼睑的男人瘦削的面容上依旧没有任何表情。他一直在远远凝望渐降的黑暗，太阳已经溶解在悄然而至的夜色中，浓厚的阴影从昏暗车间的缝隙中丛生，隐去了残心血振、熄灭激光的剑术大师。

"拉斐尔·加罗法洛已经知道是莹毁掉了这些机器人，下一拨前来的执法者就是真正的武装突击型号，真正的枪械，真正的榴弹，真正的电磁炮。这让我们怎么办？！我们怎么办？！"渗透工程师几乎是绝望地号叫着，"不对，我还能尝试渗透进智能控制模块……我能的，我能的，我能的……"

"注意摄像头。"他身旁的社会工程师轻轻打断他的话，"别被监控读出唇语。"

杜韵挥舞双手："现在讲这些还有什么用？第二批执法者绝对会在十五分钟之内到位，我们完全没时间收拾现场，收拾了也没用……你说我们该怎么办？"

"等！"

"等什么？你的意思是……"

剑术大师缓缓踏上长梯，沉重而坚定的脚步声回响在空旷车间里，一如浓雾来临时奥伯丁敲响的巨钟。卡维尔·雷泽诺夫看着她凌乱散落的长发与手臂上如蜿蜒山峦般隆起的青筋，突然想起当年在大图书馆里唇红齿白的姑娘，多少年之后，那个有着白皙手腕的女孩也渐渐老去，唯有她那双漆黑如最深邃夜空的眼睛，依旧闪烁着独属于少女的星与月。

他的嘴唇艰难地嚅动了几下，最终只说出一句短短的话："等她……做出自己的判断。"

太阳……

莹凝固在电磁感应炼钢炉旁，枯黄的手指划过被铁水的红光映得通红的栏杆。她出神地看着在昏暗中愈加辉煌的钢浆。车间的高压氙气大灯在时间继电器的控制下打开，白炽光映出四处散落的执法者躯体，惨白的颜色让她想起泛在菊一文字则宗刀身上的冷光。

双臂环抱胸前的渗透工程师重重咳嗽了一声，想引起她的注意，烦躁不安的他看了一眼卡维尔·雷泽诺夫："那么……现在怎么办？"

满身焦臭的女人突然说道："怎么办？……有办法，当然有办法。简洁又高效，什么骗术都比不上这个来得有效……"

自顾自说着话的剑术大师凄凉地笑笑。她在久久的踟蹰后牵起卡维尔·雷泽诺夫的手，微微向前探了探，像是想在他瘦削的脸上轻轻留下一个吻，最终却将手放下，只是拍了拍他肩膀："对不起……我只是太累了。"

"所以，这是什么意思？这是要回去睡觉吗？"杜韵摊开双手，保持着一个滑稽的姿势，他已经感觉到气氛的微妙，只想开个不合时宜的玩笑。莹的手指在栏杆上轻盈地弹跳，越过不明所以的他和面无表情的卡维尔·雷泽诺夫，回到了最初俯视熔炉的位置。

"嘿！嘿！我们还有办法的啊！……我可以渗透进工厂大门延缓执法者，然后打开下水道控制开关……"杜韵拍了拍手，想引起这两个人的注意。

没人理他。

"卡维尔！"

叼着烟的男人艰难地转过身去，望着朝他挥手的女人。她的叫声夹杂在反应釜运作和钢水翻腾的声音中，他需要侧耳倾听才能听清："你说得没错，这的确像真正的太阳。"

卡维尔·雷泽诺夫和杜韵还没来得及接话，踏上栏杆的剑术大师就已经向下跳去。无翼的伊卡洛斯张开双手拥抱沸腾的烈日，顷刻便成为一阵蒸汽的涟漪，化作炉膛压力曲线上微不足道的抖动。

第七章

莹（人员编号 Sz6-25160504-0056），年龄95岁（2516.05.04-2611.12.04），性别女，O-M175 蒙古利亚人种。

籍贯：南海大陆架城永久居住居民

隶属节点：Sz6

工作：Sz6 云计算中心下属气象局，西南海洋水文气象调查科，一级气象调查员

简历：2516.05.04-2526.09.01，接受工作前教育

2526.09.02-2586.09.01，任职于气象局

2586.09.02，到达70岁法定退休年龄，脱离气象局行政编制

2611.12.04，非自然死亡

大事记：2580.10.31，参与对南海、西海（旧中南半岛及孟加拉湾）的大型调研勘测活动（报告详见气象局文档）

2581.01.14，犯罪置信度不稳定性超越临界值，拉斐尔·加罗法洛将其列入Ⅲ级观察名单（报告详见拉斐尔·加罗法洛中央系统日志）

2611.12.04，拉斐尔·加罗法洛对其下达Ⅲ级逮捕令
（报告详见拉斐尔·加罗法洛中央系统日志）

2611.12.04，非自然死亡（报告详见Sz6节点系统日志）

——《编号Sz6-25160504-0056人员简历》，来自Sz6
系统日志

2623年12月18日，南海大陆架城，Sz6计算中心量化犯罪部，中央控制室。

"她看上去绝对没有九十多岁这么老。"罗隐只看了报告的第一行就皱紧眉头，千沟万壑的抬头纹和他乱糟糟的格子衫如出一辙。

"嗯？你不是说你上一次见到她已经是几十年前了吗？"王钢将头凑到显示屏前，扶正他的老花眼镜，还在努力和小五号字体搏斗。

"三十三年前。但是那时候她看上去也绝对不像是七十四岁的人，打死我也不会相信她比我还老个二三十岁……不可能的，不可能的。"罗隐摇摇头。

王钢："那这是怎么回事？难道拉斐尔·加罗法洛的记载也会出错……打住打住，我不该说这话……"

罗隐："嗯哼？这句话让你的犯罪置信度上升了多少？"

王钢打了个哈哈："按经验来看，十到十五……好了不说这个，我来给你解释一下什么叫作'犯罪置信度不稳定性超越临界值'。拉斐尔·加罗法洛对犯罪置信度的监控除了函数值本身还有导数，当导数值过大也会报警。这个系统日志写得很晦涩……直接说'犯罪置信度函数导数值过大'就可以了嘛。"

"我他妈怎么觉得更加不懂了……犯罪置信度会在什么情况下产生大波动？你能说就说，不能说就算了。"

"我想想，这应该算是一级学科的基础内容……但是我也不是

很清楚，其实我还是第一次看见这种描述。也许是系统突然无法稳定她的犯罪置信度，从犯罪心理学的角度看，也许是受到了什么刺激导致她的行为模式突然改变，急性 PTSD（创伤后应激障碍）？潜伏性癫痫？算了，查明这个至少还需要她在那段时间的心理评估报告，但是我想这种低级报告应该没有在节点数据库备份。至于拉斐尔·加罗法洛模式识别系统的运行情况，那应该是你的专业领域。"

计算机工程师的脑子自动过滤了那些他听不懂的词，装模作样地点了点头："嗯……有这个可能性。"

"我们继续看，拉斐尔·加罗法洛下达如此高级别逮捕令的理由是什么？"

"这只能看看简历里面提到的中央系统报告……啊，量化犯罪部的中控室没有调用中央系统日志的权限。又是权限问题，最近怎么诸事不顺？"

王钢笑笑，将两腿从办公桌上放下来："连修改字号大小的权限都没有，还想查中央系统的日志，开什么玩笑？"

罗隐有些泄气地接了一杯水："非自然死亡的尸检报告是节点系统日志，这个我们总该有权限查询吧。"

犯罪学家歪了歪头："你试试不就知道了。"

委托单位：计算中心下属量化犯罪部，痕迹鉴定科

受理单位：南海大陆架城工厂区法医临床司法鉴定部

委托时间：2611.12.21

尸检要求：回收虹膜芯片、DNA 鉴定

受理时间：2611.12.24

死者：莹，女，95 岁，气象局一级调查员

一、情况简介：死者于 2611 年 12 月 4 日非法入侵位于

南海大陆架城工厂区的炼钢厂，落入工厂内正在满负荷运作的编号为EG103的电磁感应炼钢炉并当场死亡。据拉斐尔·加罗法洛的监控，排除他杀可能性，确认系自杀。

二、基础检查：事件发生后，该电磁感应炼钢炉马上停机接受检查，但执法者机器人及法医队伍未能在钢水中找到遗骸，确认已完全熔化于钢水。

三、体表诊断：无法诊断。

四、病理学诊断：无法诊断。

五、毒理学诊断：无法诊断。

六、其他：虹膜芯片熔化，无法回收；遗体熔化，不具备DNA鉴定条件。任务失败。

——《法医验尸报告26111224-0001-01号》，来自Sz6节点计算中心系统日志

"我还是不懂。"罗隐摘下老花眼镜，靠在椅背上向后倒去，伸了个懒腰，"炼钢厂、钢水、自杀……这里面肯定有内情。"

王钢嗤之以鼻："内情，内情，内情……你们这些门外汉就知道嚷嚷这些词。我觉得事情已经明白得不能再明白了，自杀就是自杀，难道你还见得少？跳钢水的确很少见，但难道你我没见过更新奇的吗？你以为工厂区那些到处都是的妓院、酒吧和赌窝的作用是什么？AI规划城区的时候为什么要给那种乱七八糟的地方留位置？就是用来给这些人宣泄压力的，不然南海大陆架城每年自杀的人数还要在后面加个零。"

罗隐摇摇头："但是莹是在气象局工作的，怎么可能会去到工厂区那边？"

犯罪学家哼了一声："我提醒一下，退休年龄是七十岁，她在

三十七年前就已经是无业游民了！这个事件唯一令我惊讶的就是死者的年龄，普通工人的平均年龄就是七十岁，我只对她的寿命之长感到惊讶。更何况她的死因是自杀，这种故事我随口就能给你说一大堆，高龄工人在退休后因生存压力到炼钢厂拾荒，突然有一天觉得生活无望而自杀，就系统给的那点退休金能活下去才是见了鬼了……这不难理解吧？"

罗隐："但是……"

犯罪学家大手一挥，打断了他的话："好了，老罗，有句老话叫关心则乱，我不知道你和这个……莹有什么关系，但是看得出你的内心在动摇。别再骗自己，相信拉斐尔·加罗法洛的判断。"

计算机工程师无法反驳，只能悻悻地捶捶大腿。

然而中控室里的沉默只持续了一小会儿，罗隐沙哑的声音就再次响起："可惜中控室没有权限。"

犯罪学家的声音透着无奈和欢快："你还在想这个？好吧，据我所知，你往上跑两层，模式识别部，他们有权限查中央系统日志。"

罗隐嗯了一声作为回应，情绪有些低落。

王钢："量化犯罪部在系统运作这块没什么权限的啦，你要是想查执法者那边的情况还好说……不过，也许这才是你的运气呢，看大屏幕。"

埋头于简历和报告的罗隐这才抬起头来："什么情况？"

王钢递给他一根烟："拉斐尔·加罗法洛刚才对卡维尔·雷泽诺夫下达了四级通缉令。"

计算机工程师一头雾水地接过："对一个死人发布四级通缉令是什么概念？"

犯罪学家再给他递了个打火机："也许是要找到他的尸体再就地死刑吧。"

第八章

与此同时，南海大陆架城，港湾区，珠江入海口。

身披雨衣的杜韵站在夜晚的十字路口，望着幽深的巷道一时不知所措。渺茫烟雨中的霓虹灯照亮了狭窄而泥泞的小巷，他把头探向其中一条，终于听到了透过劣质隔音板缥缈传来的旧日老歌。雨中的行者顺着杂草丛生的羊肠小道前行，不时低头躲避垂落的电线和管道，也许还要和不怕人的乌鸦与野狗搏斗。

凭借着还没老化的听觉，渗透工程师最终在钢铁的丛林中找到了他的目的地，一幢三层小楼，爬山虎占据了灰白墙壁的一半，在风雨中飘摇流连。他伸手想去按门铃，却摸到一片湿漉漉的石灰，凑近一看才发现那是画上去的。

"你来了。"

就在他仍在研究这墨水为何不会在雨中褪去的时候，一个浑厚的男中音从他身后响起，伴有高昂的粤剧唱段"蛇矛丈八枪，横挑马上将"。转身的杜韵定睛一看，才发现对面的人手提着一部大块头收音机，沙沙作响的电磁噪声和他的面容一齐在愈发滂沱的雨中被模糊。

杜韵静静在原地站了一阵，直到从雨滴敲打帽檐的急促声音中分辨出失真的下一句"披戎装，披戎装，乌骓马上逞豪强"："老式二极管的声音。"

那人耸耸肩："自制的 LC 谐振电路，滤波效果很差，见笑了。"

杜韵："哪里的广播电台？"

对方："就在楼上。"

杜韵："怎么称呼？"

"叫我外号吧，'鹁鸪'就可以。"

"奇怪的外号。"

鹁鸪讪讪地笑笑："一个代号而已。"

杜韵伸出手去："鹁鸪先生，我是杜韵。"

一手黑雨伞一手收音机的鹁鸪选择性无视了杜韵伸在雨中的手，只是点了点头："早有耳闻，杜先生，请跟我来。"

杜韵跟随鹁鸪走近小楼，后者从袋中掏出一大串钥匙，一阵捣鼓后开启了破旧的松木门。在木门吱呀的轴承声中，他低低说了声"请"，便先杜韵一步钻进门后的黑暗中。杜韵踌躇了一下跟上，进去后却失望地发现外表平淡无奇的小楼内依旧平淡无奇，没有林立的单兵电磁炮宣示地下黑帮的力量，也没有成排的暗门暗格展现灰色世界的神秘。他所见的只有厅堂里用于遮盖生石灰味道的松脂焚香和高档红木八仙桌上的果盘，看着从角落里拖出两把太师椅的鹁鸪，渗透工程师真的很难相信这里就是港湾区跳蚤黑市，不得不重新摸了一下口袋里的盲卡。

但仔细想想，也不是所有黑帮都是长风衣和墨镜。放着《夜战马超》的收音机已经足够让他毛骨悚然，何况还有厅堂中央供奉着的关二爷神龛，通红的 LED 灯映出美髯公手上的青龙偃月刀，显得面前供品——昂首的烧鸡如同龙抬头一般威武。

鹌鹑忙前忙后："坐吧坐吧，吃点水果。"

杜韵只好在嘎吱作响的太师椅上坐下，望着氧化发黄的苹果片发呆。

鹌鹑从厨房里搬出一篮子生菜，他笑得很不好意思："边谈边择菜，见笑见笑，我家婆娘比较凶。"

杜韵："没事。"

鹌鹑把生菜的叶子一片片择下，杜韵这时才看清楚这个黑市接引者的模样。如他所料，果然是和三层小楼一样平淡无奇的眉宇，没有煞星四动，也没有杀气四溢，只是一个和他差不多的中年男人……当然，除了阴影面积。

择生菜的人不紧不慢地说道："那么，不知道杜先生的东西带来了吗……"

杜韵脱下沾满雨水的雨衣，从束在腰背的塑料袋中掏出一沓白纸。他将纸放到红木八仙桌上的动作很轻很轻，甚至连眼神都未敢带有丝毫轻佻。放下菜梗的鹌鹑同样凝重地注视着这沓轻飘飘的纸，认真擦干净手上的水后将手指探向空无一物的白纸。

当触摸到凹凸盲文的瞬间，见多识广的黑市引路人亦为之动容："艾萨克·牛顿爵士的《自然哲学的数学原理》，没错，万中无一的孤本，传奇中的传奇……我真的十分荣幸，十分荣幸能够触摸它的真容。"

杜韵看了一眼关公像："只读了题目，不检查一下吗？"

鹌鹑小心翼翼地收好桌上的盲文文档："不用了，看你的眼神就知道。"

杜韵："那我要的东西呢？"

鹌鹑再次埋头于菜叶："先留下吃个饭吧。"

杜韵脸色一变，他的手缓缓摸到了风衣的口袋，那里面装着生锈已久却未曾崩坏的 26 号手术刀片："你这是什么意思？"

黑市引路人抬头："放松，当心你的犯罪置信度……就是字面意思。"

说话间小楼的门被推开，一个男孩匆匆跑进却被门槛绊倒，扑通一声摔在地上，紧随其后的是一个打着油纸伞的师奶，骂骂咧咧地将将哭未哭的男孩从地上拉起。一脸横肉的女人视线扫过厅堂，首先在陌生人杜韵的脸上狠狠剜了一刀。渗透工程师不敢与她对视，只能将目光挪向黑市引路人。

鹌鹑的语气却很轻快："介绍一下，杜先生，这是内人和小孩。"

高踞大堂的关羽像依旧捻须怒目，《夜战马超》却已到了尾声，随着马超洪钟般的一声"誓要大战一场"，惊雷响起，雨声骤急。

昏暗灯光中的饭局比杜韵想象的还要沉闷，女人和小孩几乎是不发一言地上桌，唯一值得称道的是鹌鹑的厨艺，这个中年男人在麻油鸡和蒜蓉生菜上的造诣可谓登峰造极，杜韵平时干巴巴的工作配餐和碳酸饮料与之相比根本不配称作饭菜。

"杜哥杜哥，来一杯嘛。"

鹌鹑又在亲切地劝酒，杜韵回想起自己的体检报告单，肝硬化这三个字他至今还记得，想推辞却推辞不过劝酒人的热情，只得在三令五申"就喝这一杯"后接过。灌下喉咙他才发现这杯酒似乎甜腻得过分，望向鹌鹑时，他还在向他暴脾气的老婆解释杜韵这个吃闲饭的人："哎呀，这位是中心城区来的，中心城区，你知道吗？跟港湾区这些人不一样的……"

女人似乎被"中心城区"这四个字吓到了，赔罪似的暗送了几个让杜韵如芒在背的秋波。小孩子想对这个词发表一些看法，却被他妈妈凶狠的眼神瞪了回去，委屈地用勺子敲打桌沿，发出让人不悦的噪声。

一顿饭就这样诡异地结束。酒足饭饱的杜韵向后靠在太师椅上，眼睛却一直盯着用狗尾巴草剔牙的鹁鸪。后者将老婆和孩子送上二楼，回来打了个饱嗝："见笑，见笑。"

杜韵觉得脑袋有点昏昏沉沉："那么我要的东西……"

鹁鸪："杜先生，你抬头就是。"

杜韵抬头看去，低矮的天花板上是整个世界的地图，幽幽蓝光勾勒出海岸与大陆的轮廓，无数红点、连接它们的绿线和闭合黄线构成巨大的网络。他有些恍惚地想起刚才的天花板，刚才那里明明什么都没有的。

"上面一整个都是 LCD 液晶显示屏……老东西了。不过偏光膜被撕了下来，平时看不到显示的是什么，需要在视网膜感光细胞被药物光学偏振化的情况下才能看到显示内容……最开始我们尝试以手术方式在眼球内放置偏振片，后来为了方便还是开发了药物。为了躲避虹膜芯片监控而研发的雕虫小技，因为我们接下来的内容会很敏感，见笑了。"

"那杯酒……"

"微量纳米致幻剂和自制甜米酒，药物能通过血眼屏障。放心，没有成瘾性，已经控制在刚好能让你看清楚地图的浓度……

"说回正事吧，杜先生，你现在看到的，是前辈渗透工程师们利用蠕虫遍历拉斐尔·加罗法洛所有节点之后做出的网络空间测绘。基于旧时代各国各自采用的国家大地平面控制网，模式识别系统下属的重要路由器、服务器、计算中心全部以地标物的形式展现在地图上，这个比例尺你只能看到红点，绿线是它们之间的拓扑关系，闭合黄线是等流量线，从这张大测绘图上你可以看清拉斐尔·加罗法洛各节点主要的分布情况。

"那么从你提供的地理坐标来看……旧青藏高原，正好处于一片流量荒漠带。你可以看看地图，和南海大陆架城盘根错节的节点分布相比，青藏高原地区真的是一个无人区，貌似只有一个大型节点，而且在测绘图上没有明确的附注，我们当时不知道它是什么性质的节点，也许是一个大型服务器，也许是一个中转站。说实话，当我刚拿到地理坐标的时候，根本不知道你想要什么，因为在我们看来这根本没有查询的价值。

"但是你送来的数据包填补了这个节点的空缺，它描绘了六条没有在地图上标出的高通量信道，青藏高原的不明设施同时连接着六个节点，分别是西伯利亚北极大陆架城，节点 Sz1；欧洲大陆架城，节点 Sz2；北美大陆架及百慕大城，节点 Sz3；南非大陆架城，节点 Sz4；波斯湾中东大陆架城，节点 Sz5；最后就是……南海大陆架城，节点 Sz6。这个发现颠覆了一切，我们第一次能在先驱者的图纸上进行修改，现在，我们有一个大胆的假设，关于旧青藏高原……"

鹌鹑的喉头动了动，接了下一句话："那里就是拉斐尔·加罗法洛的中央系统所在地。"

第九章

2623 年 12 月 22 日，西海（旧中南半岛及孟加拉湾），喜马拉雅山脉大断崖以南。

云雀号掠海地效翼艇在海面上空划过，西海诡谲多变的浪涛根本触摸不到飞行在超低空的气翼艇，唯有一摊涟漪在它身后扬起又消失。这艘直属 Sz6 节点海事局的气翼艇本应停留在港湾区的码头，如今却不知为何越过南海和西海的海平线来到高耸入云的喜马拉雅山脉前。

在一片迷蒙的雾雪中，云雀号伴着海燕的鸣叫开始接近连绵不绝的断裂岩带，即使锋利的冰川刃脊已被削去一半，但小小的气翼艇和雄伟蜿蜒的山脉相比也依然渺小得不值一提。这个数百年前地下核爆事故的遗迹依旧触目惊心，骇人的爆炸当量直接造成亚欧板块和印度洋板块的滑移，爆炸中心的中南半岛为此沉入九百米的海底，喜马拉雅山脉也在经历一系列岩爆、挤压、地震效应后面目全非。

核战之后，核气溶胶引发的反温室效应使得地表下垫面降温，直接导致大气经向环流异常，蒙古—西伯利亚高压的异常使得旧东南亚地区气候大为变化。另一方面，南极洲的扩张、海水表面的大面积结冰使得洋流改道，温度—冰—反照率的正反馈系统令地上的温度越降越低。尽管先驱者们做出了巨大的努力，但即使是数百年后也依然能在古老南国的冬天看到呼鸣的暴雪。

"正北方向偏东十二度零六分零四秒，冷锋云系结构检测完毕。"

渗透工程师颇为烦躁地看着大屏幕上的气象云图，自云雀号进入西海，微波气象雷达的系统提示音就没有停过，他又不知道怎么关掉这个有着咸鱼一样声线的男中音，只能一直忍受这个每五分钟响一次的闹钟。

"紧急天气预报，雷暴后强降雪。紧急天气预报，雷暴后强降雪。"

又是一个莫名其妙的提示音，杜韵悲哀地发现自己只能认出气象报告上的几个天气符号，其中最大最醒目的就是高亮的强降雪。他从鹈鹕那里得知，云雀号所属的气象局地效翼艇船队专门用来勘察西海海文，当时他心想：凭借自己和气象局资深工作人员卡维尔·雷泽诺夫打的多年交道，耳濡目染下来也能算是半个专业人士，虽然在业务水平上可能稍有差距，但还不至于一无所知。然而偷偷摸摸上船后才发现自己除了气翼艇自动导航和蜘蛛纸牌，什么都不懂，只能灰头土脸地听了一路的各种报警音。

等他回过神来已经太晚了，飞驰的云雀号已经驶入雷鸣中的暴雪，原来远岸处的平静一去不复返。杜韵可以透过玻璃看到整个海面骤然变色，西海此刻终于向不速之客露出獠牙，十米高的海浪接连不断打在晃晃悠悠的气翼艇上，巨浪的咆哮和暴雪的呼鸣一齐灌入小小的控制室内。渗透工程师此刻终于明白孤身一人对抗整个世界的感觉，他倒在椅子上随着气翼艇的晃动而晕头转向，说出"让

"暴风雨来得更猛烈些吧"的第三个字的时候就差点咬到舌头。

"杜先生，杜先生，你听得到我说话吗？"

他从惊涛骇浪中分辨出了鹁鸪稍有失真的声音。

"我听到了！"杜韵隔着几米的距离朝着麦克风吼了一大嗓子。

"你接近喜马拉雅山脉了吗？"

"我不知道——我在哪里，雷暴太厉害了——"

杜韵被甩到艇舱的另一边，气翼艇的姿态调整程序正在适应复杂的海况。

"看起来你玩得很开心。"

"啊——是啊是啊，我这辈子从来没出过——这么多汗。"

气翼艇的行驶在短暂的剧烈失衡后平稳了下来，渗透工程师终于得以说上一句比较顺畅的话。然而海浪的扑打并不是他慌张的原因，真正让他担心的，是高空卷云耀目的云闪。云间闪电紫色的光芒让他想起环绕在特斯拉线圈的蓝色弧光，百万伏特的达摩克利斯之剑高悬在云雀号的上空，杜韵蓦然回想起静静坐在差分机旁的日子，那时的他一心一意在白色蒸汽中等待运算的结果，觉得这也许是他人生中最惊奇的冒险，从未想过有朝一日会在辽阔的海洋直面狂暴的雪与雷霆。

"加密信道不稳定，我会在十分钟之后再与你联络。另外说一句，西海的雷暴环境非常复杂，祝你好运，完毕！"

杜韵叹了口气，云雀号已经完全在暴雪中迷失了方向，肆虐的雷电令艇上的 AI 自动关闭了大部分模块，艇舱内的照明被调到最低。渗透工程师抓狂地点起一根烟想冷静一下，却被仍在运作的自动灭火系统从头到脚喷了个爽。

老子干吗要活受这罪？他看着浸在水中的烟头发起呆。几天前的雨夜他闷在三层小民楼里也在想这个问题，直到喋喋不休的鹁鸪发现他的心不在焉。

鸲鹆不多废话，递给他一张卡片："杜先生，三天后去这个地方，会有人接应你。"

神游许久的杜韵抹了一把脸："我要的船吗？"

鸲鹆："自然是的。"

杜韵将卡片放进最深的口袋里。他找了四五次才找到口袋的位置，致幻剂的效果还没消失，世界仍是一片暮色的昏昏沉沉，去找风衣的口袋就像在七床天鹅绒中找到一颗豌豆。鸲鹆看着他温暾的动作，突然问道："杜先生，问个问题。"

杜韵："你讲。"

鸲鹆的手指在扶手上快速敲击，弹出一首轻快的歌：跳蚤黑市虽然不收付系统发行的电子货币，坚持以物易物的原则……但《自然哲学的数学原理》，我想你应该明白它的价值，至少远远不止一次查询和一艘船。

杜韵耐心地等他敲完长长的密码："留在我手上，也再没什么意义。"

鸲鹆：黑市可以为你保管它，直到你回来我们再谈。

杜韵笑笑："也许回不来了。"

鸲鹆释然："原来如此，我明白了。"

两人的话不多，交代完必要的事情之后杜韵就匆匆从港湾区离开。推门离去的时候他回头想再问鸲鹆一个问题，问他多年以来见过多少和自己一样的远行者，却看到黑市的引路人蜷缩在太师椅上望着他深深饮下一杯酒，像是唏嘘，又像是诀别。

通信阵列中传来鸲鹆失真的声音："杜先生，你还在吗？"

沉迷在远方景色中的杜韵抬头："我还在。"

鹌鹑："数据传输连接就位。你很幸运，我在最后一刻找到了你想要的东西。一份 2580 年的气象局报告，最近一次对西海的大型高精度海事勘测是在四十三年前，太专业的东西我想你看不懂，就直接把总结报告发给你吧。"

渗透工程师静静等候。望着正在载入文档的显示屏，他原来以为自己的心脏会焦躁地鼓动，因为即将展现在他面前的，将会是卡维尔·雷泽诺夫一生深藏的秘密。但事实并非如此，他血液的冰冷甚至让他自己也惊讶，只因他早已笃定答案：一旦你排除了所有不可能的事实，那么剩下的，不管多么不可思议，那就是事实的真相。

他的视线在显示屏上掠过：

……六、洋流运动报告：

……洋流勘测小组在西海发现的洋流处于喜马拉雅山脉大断崖下方深度为一百米的海域。此处是亚欧板块和印度洋板块的断裂处，水文条件非常复杂。以往的资料认为，西海海域没有大型洋流，此次勘测则填补了该方面的空缺。据进一步调查，引起该洋流的原因系热盐效应引起的海水密度不均匀，但因为该洋流神秘消失在喜马拉雅山脉某处，勘测小组尚未能全面确定该洋流的轨迹，推测其注入去向为一大型地下水系……按命名习惯，将该洋流命名为西海洋流。

……洋流勘测一号小组人员组成（人员简历详参气象局档案库）：维克多·雷泽诺夫、卡维尔·雷泽诺夫、莹。

……洋流勘测二号小组人员组成：……

杜韵长长出了一口气，当年发生的事果然和他推测的一样。青藏高原地下海的犯罪池是天然形成的巨大溶洞，人类生存在地下则必须解决供氧的问题，然而在地下六七公里的深度没有阳光也没有大型送风口，从经济和工程技术难度的角度看，也不可能从地上打穿青藏高原给地下40万立方米的巨大空间送氧。那么答案只剩下一个：富氧洋流供氧，地下海必然通过隐蔽水路和外海连接，西海洋流的存在则证明了这点，活跃在西海的洋流将远离大陆的海洋表面的氧气溶解，再带入地下海，为犯罪池供应氧气。

鹌鹑："杜先生，云雀号和港湾区的通信距离已经接近极限，我们即将失去联络。"

陷入沉思的渗透工程师没有回话。

鹌鹑突然补了一句："希望有缘再见！"

尽管他的话在雷暴中失真得几乎难以听清，但杜韵仍然从每一个字中听出淡淡的伤感。这个混迹在黑市的老狐狸果然送走过数不清的远行者，杜韵能想象到他为每一个没有再回来的旅人点上一根香，缭绕在关云长面前的烟雾久久不散。

渗透工程师笑笑："鹌鹑先生，我们就此别过。"

黑市引路人的话已经开始断断续续："再见了，杜先——嗞嗞嗞嗞嗞……"

气翼艇和港湾区的联系已经中断。悬浮的云雀号继续沉默地越过咆哮翻腾的大海，在喜马拉雅山脉的断崖下被飘飞的白雪隐去，如同夜晚消失在林间的幽灵。而没人看到的是，掠海地效翼艇在缓缓收起两翼后坠入海洋，水文探测系统和声呐系统在入水的瞬间就标定了西海洋流，伸展开的螺旋桨开始在斯特林潜艇发动机的运作下高速旋转。变形成功的潜水艇快速向下沉去，就像坠入湖中的巨石，在水面溅起一片水花后再也不见。

风暴和雷鸣在刹那间离杜韵而去，取而代之的是深沉的宁静。几分钟内云雀号便已下沉至数百米的深度，被摧枯拉朽的暗涌裹挟着在大洋中前进。渗透工程师站在全开放式的玻璃舱中看着来自海面的微光迅速黯淡，久久凝望窗外让他不寒而栗的漆黑，颤抖地拿起一根烟后又放下。这个瞬间他仿佛回到了南海大陆架城的下水道，坐在差分机旁将后背留给暖炉和蒸汽。

那个时候的他也在想，无光的深海是不是也如眼前的黑暗一般令人畏惧？

第十章

2623年12月24日，南海大陆架城，Sz6 计算中心，模式识别部。

"这，那么……"

罗隐张了张嘴却说不出什么话来。他有些烦躁地抚平被揉皱的衬衣衣角，蓝白的格子衫下摆又被平整地摊开。这已经是这次谈话里他第四次揉皱衣服，如果可以的话，他甚至想把对面的那张没有表情的脸揉成一团皱巴巴的纸，和每周六周日被送去垃圾场的可降解塑料袋一样。

"工程师，你的查询要求属于越权行为。如果你有查询需求，请回到你的办公位置上发送，拉斐尔·加罗法洛自然会审核你的请求。"工作人员依旧保持着冷漠的态度，丝毫没有在意罗隐愈加挑衅的眼神。

"所以你们这是拒绝向兄弟部门提供情报信息？"罗隐生气地质问道。

"这完全是无理取闹。所有信息的流动都受拉斐尔·加罗法洛监控，权限的分配也自然由它掌控，和我们的职能没有任何关系。"

对方皱起了眉头。

计算机工程师突然暴起："我要查询的是关于卡维尔·雷泽诺夫四级通缉令的系统报告，这本来也和我们正常开展工作密切相关。这个通缉令打乱了我们所有的工作计划，执法者机器人从原来的搜索尸体变成了抓捕尸体，这种情况在我的职业生涯中从未出现过。现在整个执法者调控科都是一团乱，我想看一下系统报告却被拒绝，那你是想让量化犯罪部继续乱下去？"

"但是……这……这应该是拉斐尔·加罗法洛的问题……"对方并不知道量化犯罪部的具体职能，被他的一惊一乍吓到，一时拿不准该如何回答。

罗隐耐心地循循善诱："所以我们走不了正规的查询路线，因为正常情况下我们是没有权限查阅中央系统日志的。但是你们可以，那么为什么不能帮兄弟部门一把呢？"

模式识别部的文员这时终于稍有动摇："嗯……但是拉斐尔·加罗法洛是禁止将资料外传——"

终于找到了自己谈话节奏的罗隐站起，打断了他的话："系统的宗旨向来是工作为先，总体利益最大化嘛。你看，我的需求是正当的，渠道也是正当的……"

"好了好了，我明白了。"对方无奈地摆摆手，开始输入查询指令。

计算机工程师的得意扬扬并没有持续多久。他刚拿起桌上的茶杯，眼角的余光就透过落地窗，瞥到办公室走廊外有一小队执法者机器人向他缓缓走来，小人得志的笑容马上凝固在脸上，像是"快乐生活"社团所属公园里的小丑雕像被午夜里刺眼的白光灯晃得不知所措。

他仍然纠结于双手抱头还是面对墙壁。执法者却已打开了模式识别部办公室的门，生硬而机械的电子合成音从高大的机器人身躯深处传来："罗隐工程师。"

正在查询资料的工作人员闻言抬头，明显是松了口气。

罗隐狠狠瞪了他一眼。

虹膜扫描确认身份后， 执法者给顺从地伸出双手的罗隐铐上手铐："计算机工程师罗隐，拉斐尔·加罗法洛的监控报告显示，你的犯罪系数在十五分钟前超过九十五。按 AI 政府相关法律规定，你被捕了，你有权得知逮捕理由和保持沉默。"

罗隐："我需要知道理由。"

执法者的声音依旧冰冷："违反《拉斐尔·加罗法洛档案资料权限法》第十四条，向相关工作人员以口头、笔授、资料传输等方式打探权限之外的档案或资料。"

计算机工程师无言以对，看着手铐的倒影里变形扭曲的自己，一时恶向胆边生，向一脸幸灾乐祸的工作人员吐了口口水。

拉斐尔·加罗法洛果然和新闻里面所宣传的一般高效，位于中央城区一侧的系统安全局用一阵粗鲁的推推搡搡接待了罗隐，排队、填表、指纹比对、虹膜比对、DNA 比对，一套流程走下来只花了一个下午。在执法者机器人对他宣读完模式识别系统的判决后，打着哈欠的计算机工程师终于得以睡到单人间禁闭室的硬板床上。

然而就像他从来没觉得自己是一个不遵纪守法的人，他也未曾想过自己终有一天也会毫无风度地蹲在禁闭室的角落。他的头脑依然一片混沌，手臂上还留有被执法者钳制时留下的瘀青，唯独不变的是皱巴巴的格子衫。计算机工程师清楚记得自己将要在这里待上两个月，现在才第三天，他就已经有点受不了。

"好烦，早知道就不……"他又翻了个身爬上床，埋怨的话说到一半就想给自己一个耳光，"呸，老子早就知道了，就是人比较贱。"

跷起脚的计算机工程师吹起小调，跑调了五秒钟后便改变了主意，转而研究光滑的钢铁地板。他在想象自己的眼睛像量化犯罪部里的分子电镜一样从地板上掠过，却未能成功发现他臆想出的有着庞杂分形的花纹，也许拉斐尔·加罗法洛的内置虹膜芯片倒可以看到奥氏体？

尽管他的胡思乱想最终一无所获，但他的确成功地打发了五分钟的时间。就在他开始思考如何度过新的一天的时候，禁闭室的门突然在咔嚓一声后被打开。他的耳朵敏锐地听出机械弹子和合金叶片的碰撞声，多重异型弹珠咬合的声音如同沉浮在酒杯中的冰块，带有刺骨的冰冷，让计算机工程师瞬间惊醒：来人并没有用电子门卡开启大门，而是采用了复古风格的机械方式。

遮住一只眼睛的罗隐在望向大门后惊讶地睁大眼睛："怎么是你？"

手上拿着应急开门栓的王钢气喘吁吁地靠在门边，没好气地对他说："好了老罗，穿上你的鞋子，快滚出来。"

罗隐："这他妈不是要越狱吧？你有几条命？"

王钢："谁他妈有那个心情帮你越狱。直接来自神经网络部的命令，计算中心数据主管找你。"

罗隐回忆了一下"计算中心数据主管"是个什么职位，随后马上反应过来。这个词他经常从网络电视上新闻主持人的嘴里听闻，诸如"Sz6计算中心数据主管前往Sz1节点中心访谈，双方就加紧交流数据分析合作达成高度共识""由数据主管领导的数据测绘小组前来××区进行大型数据调研，××区居民表示热烈欢迎""数据主管就全面落实全城布置执法者发表重要讲话"云云。但未曾有人能够得知他的真名，按计算中心内部的称呼，历代的Sz6计算中心数据主管只有一个代号"星期六"，为在报告上和真正的星期六区别开，故又称"土曜日"。

计算机工程师吓得真从床上滚了下来："我名片上的头衔说出来也有好几十字啊。大人物的名头怎么这么短？"

犯罪学家嫌弃地看了一眼他袜子上的破洞，那是罗隐昨晚闲得无聊捅破的。王钢实在没好气地说道："越短越好记。"

罗隐对他的理论嗤之以鼻："那么，南海大陆架城最有权力的人找我做什么？"

王钢："你他妈还好意思问我？你知道你是计算中心十年来第一个被执法者抓进禁闭室的人吗？"

罗隐耸耸肩："但是这又怎么样？两个月禁闭……"他又咂了咂嘴，有些不安地补充道，"还可以接受。"

王钢："我他妈也不知道。数据主管给我的安排是带你回计算中心，然后我们去他办公室见他。"

他们已经走到了大门前，两个工作人员站在那里。罗隐略一沉吟，眯起眼睛："用应急开门栓把我带回去？"

王钢压低声音："好了老罗，既然你已经意识到这事有问题，那么我劝你不要多问，至少不要多说话。"

数据主管必然没有给王钢电子门卡，这意味着这次开门根本不会在禁闭所的日志中留下任何记录，唯一尚存的物理证据是应急开门栓上王钢的指纹。计算中心平常员工的权限只在对拉斐尔·加罗法洛数据库的查询上，而数据主管及其直属的神经网络部的权限则包括所有的数据库操作：查询、插入、删除、替换。理论上说，数据主管完全有能力以人为意志影响拉斐尔·加罗法洛的判断和选择，而指纹的存在则确保了一个潜在可用的替罪羔羊。

计算机工程师叹了口气，跟上他的步伐："连累你了。"

后者还在骂骂咧咧："你知道就好，真他妈不知道你到底做了什么。"

走出系统安全局大门的时候他发现正是正午，阳光难得能透过云层，把他的影子烙在绘有眼与盾的大地上。计算机工程师低头将系统安全局的标识深深刻进脑海，暗暗发誓余生不再和这个徽记有任何交集。此时的他还觉得这只是他平静生活中的一圈浅浅涟漪，仍未意识到命运的浪潮已经出现在穷端的雾海。

Sz6 计算中心，神经网络部大厅。

"法律的震慑力来自承担后果的必然性，而非承担后果的严重性。——《论犯罪与刑罚》"

在横贯于大穹顶的钢梁投下的阴影中，计算机工程师花了不少力气从切萨雷·贝卡里亚的全息像下找到这句话并细细咀嚼。头戴厚重卷发头套、身着褐色皮质大氅与天鹅绒及膝马裤的法理学家像看傻瓜一样盯着面前的罗隐，一旁的王钢则一杯接一杯地喝着略带涩味的冰镇大麦茶，望着落地玻璃窗外的积雨云不知道在想些什么。

罗隐在长久的思考后发出一阵恍如从梦中惊醒的惊呼："这话真有道理。"

犯罪学家理都懒得理他："是的，是的，很有道理。"

计算机工程师还想就犯罪学发表一些业余的高论，但是数据主管的秘书已经款步而来，罗隐只能不舍地随着秘书小姐高跟鞋的节拍声离开神经网络部的大厅，留下王钢一人享用他的琼浆玉液。他们来到数据主管办公室门前。罗隐选择性无视了毫米波扫描仪让人不悦的蜂鸣声，挺直腰背，用最端正的姿态来面对 Sz6 计算中心最有权力的人——土曜日。

门被推开，办公桌后的数据主管有着并不高大的身材和并不出众的容貌，但斗牛犬一般鼓起的两腮足够让罗隐印象深刻，更不要说大而凸起的喉结和刀锋般锐利的法令纹。

土曜日轻轻将茶杯放在办公桌上，他的语速非常快："罗隐工程师，我们直入主题吧……你最近的查询记录有点奇怪。系统通缉令细节、中央系统日志、最新发生的凶杀案，还因此被执法者扔进了禁闭室。量化犯罪部的职能是为拉斐尔·加罗法洛下属的执法者提供实时的犯罪量化数据，你们的权限只在执法者机器人调控的相关领域，你不应该把手伸到系统运作的核心内容。"

罗隐发现他眼镜后狐狼般细长的双目在死死盯着自己，灵魂如同被鬼魂拖拽的尖钩钩住，不由自主地沉浸于那对深黑色的瞳孔。整个人都在微微颤抖的计算机工程师往前踏了一步，但竟一句话也说不出来。

数据主管饶有兴致地观察着他，嘴角带有诡异的笑容，其间满溢的虚伪让罗隐感到非常不适。

"看你的表情，很惊讶吗？拉斐尔·加罗法洛监控着所有的数据库操作。"

"不……"罗隐接话，"我很奇怪，您为什么要关注我的查询记录？"

"你是为数不多的和卡维尔·雷泽诺夫有过接触的人之一。"

"我们已经几十年没见过了。"

"既然几十年没见过面，那么为什么还会如此上心呢？"

"他给我的印象很深。"

"原来竟然是好奇心驱使着你？但猫不正死于好奇心吗……'世上最仁慈的事莫过于人的思维缺乏将已知事物联系起来的能力。人类居住在幽暗的海洋中一个名为无知的小岛上，这海洋浩渺无垠、蕴藏无穷秘密，但我们并不应该航行过远，探究太深。'"

土曜日的语气越来越玩味，罗隐突然觉得自己是刀旁的鲢鱼、纸杯里黏稠的乳酸饮料、指尖下的键盘键帽，抑或是雷暴下的撑伞者。各种怪异的联想从他的脑海涌出，冷汗从发根流到脊背，愈发佝偻的计算机工程师尽力稳住呼吸，他无时无刻不觉得自己下一刻就要崩溃。

罗隐："我不明白您的意思。"

数据主管笑笑："那我直说了吧，罗工。你现在应该做的，是回家洗个热水澡，睡一觉后忘掉你曾经看过的所有报告。我并不讳言，你所调查的事件的确有问题，但你走得太远了，趁你还能回头。"

罗隐："但是拉斐尔·加罗法洛的四级通缉令……我们量化犯罪部的工作已经一团乱麻……"

数据主管摆摆手，打断了他结结巴巴的话："不用去管四级通缉令了，你的工作照常，只是别再去管卡维尔·雷泽诺夫的事。"

罗隐这时终于站直，数据主管看到这一刻他脸上的不安和踟蹰一掠而去。计算机工程师似乎回到了那个云中的飞艇港口，从卡维尔·雷泽诺夫手上接过粗糙白纸包裹的烤制卷烟。不知为何，味蕾依然记得那天醇厚的香烟味，几十年来一直挥之不去。

"恕我拒绝。"

土曜日挑了挑眉毛："理由？"

"拉斐尔·加罗法洛对量化犯罪部下达的指令是协助执法者执行四级通缉令，即找到卡维尔·雷泽诺夫并押送归案，在紧急情况下可以将其就地击杀。但是我在调查的时候，发现了一个和卡维尔·雷泽诺夫有亲密关系的女人，她的简历和死亡报告存在着诸多疑点，甚至还牵涉到四十多年前的一次大规模测绘工程。我们量化犯罪部的职能是为执法者提供量化的犯罪数据，现在我认为这里牵涉到一宗未被量化的犯罪，我有充分理由继续追查下去。"

“啊啦啊啦……我已经说过了，罗工。昨日之日不可留，今日之日多烦忧。”

“您在威胁我吗？但请不要忘记，即使是数据主管，您的所有动作也在拉斐尔·加罗法洛的监控之下。我本身就是搞算法的，根本不相信那些说你们能操控整个模式识别系统的都市传说。你们通过改变数据输入对神经网络权值施加的影响微乎其微。”

“你误会了。”

“我误会了？您一直在强调好奇心害死猫，这还不是……”计算机工程师凭这句话认为对方在退缩，本能地穷追猛打起来。

他的话戛然而止，因为他看到土曜日嘴角的微笑终于收敛。这时罗隐才惊觉他一直不适的并不是对方那皮笑肉不笑的表情，而是那份明显得一眼就能让人看出的虚伪。

“不，这只是试探……”

把一张卡片轻轻放在桌上的数据主管慢吞吞地说道，面对罗隐惊愕的目光，平淡得仿佛在叙述一件微不足道的事情：“带着这个去港湾区，你会得到你想要的东西的。”

第十一章

两天后，2623 年 12 月 26 日，青藏高原地下海，奥伯丁。

身披黑色开司米大衣的男人等在大图书馆外厅，耐心地伫立在
奥古斯特·罗丹的雕塑《地狱之门》前，煤油灯的光芒并没有带来
多少暖意，反而照亮了青铜浮雕上扭曲狰狞的人们。刻满苦难与挣
扎的大门在灯光下幻化出错综变幻的暗影，如同置身于真正的炼狱，
让他想起灰门图书馆里屏风上的浮世绘《地狱变》。

通过我，进入痛苦之城。

通过我，进入永世凄苦之深坑。

通过我，进入万劫不复之人群。

往上看去，大图书馆外厅门扉的箴言倒映在他水蓝色的双瞳里，
这个拥有二分之一高加索血统和二分之一雅利安血统的高大男人再
次默读了一遍来自《神曲》的名句，在一声轻轻的叹息后戴上了镶
有金丝的单片镜。

　　"你来了，日曜日大师。"身后突然传来老女人的声音，沙哑、破碎不堪，仿佛行将就木的老人发出的最后呻吟。

　　"我来了，守护者。"同样衰老的男人缓缓转身，挂在腰间的长军刀扫落了椅子上放好的一摞摞书。

　　"又是罗丹的雕塑吗？我每次迟到都会发现你在看。"骆雯一步一步走上前，帮助男人将书本艰难地一本一本叠回椅子上。那是但丁《神曲》的各种版本，从意大利语到西班牙语，从波斯语到满语，从英文到中文，不一而足。

　　"这个雕塑摆在图书馆的门厅真是完美。追求禁忌的知识，挑战理性和世界的极限，不就等于被门上的鬼影拖入万劫不复的地狱吗？"日曜日笑着说道，唇边整理得一丝不苟的灰白胡须一颤一颤。

　　"说起来，我们已经很多年不见了。"骆雯半懂不懂地改变了话题。

　　"还在每天磨刀吗？"日曜日看了一眼依旧别在骆雯腰上的大马士革弯刀，在他们相识的几十年里，大图书馆的守护者从未更换她的佩刀，如同伟大的穆斯林英雄萨拉丁一生钟情于他的宝刀，刀身上蜿蜒的黑白刀纹也正如她黑白分明的双眸永远波澜不惊。他不禁开始想象这个女人年轻时手持利刃，穿行在黑夜与寂静中，割开每一个目标的喉咙，一如旧日本幕末的武士们无声地越过荆棘和落雪，斩下每一个敌人的头颅。

　　"刀和女人一样，都需要保养。"骆雯将最后一本书叠在书堆上。

　　"真有古代武士的风范，剑术大师果真视剑如命。"日曜日敲了敲军刀的笼形雕花护手。

　　"你真是想要和我探讨刀油和刃文①吗？把名单扔给我，然后

---

　　① 刃文：刀条在热处理等过程中因为工艺的不同而成的一条分界线，有各种形式，是刀剑鉴赏的一部分。区别于刀身和刀刃之间的刃线。

就走吧。奥伯丁不比灰门港，这里越来越危险了。"

"怎么？大图书馆的守护者镇压不住群氓，说出去要遭同行笑话的。"

骆雯不想接话，直接朝身旁的男人伸出手去。日曜日愣了愣，只好从三排扣正装的内侧掏出一个封装好的资料夹："名单上最后一个可能有些棘手。"

老妇人接过："其实，你们到底是怎么判定这些人就是'超限者'？"

日曜日轻轻对她欠身："我的答案还是和以前一样。"

老妇人无所谓地笑笑："敷衍的回答。"

日曜日戴上高帽："守护者，我们都有自己的秘密。我想五年前给你的阳光已经消耗得差不多，你也需要新的毒品吧？"

老妇人："你觉得我还干得动吗？"

日曜日认真答道："一切如旧。我从来不敢小看图书馆的剑术大师。"

望着身披黑袍的男人远逝在寂静的大街，剑术大师剔去文件夹上的鲜红火漆，抽出一叠厚厚的资料。追杀这些被称为"超限者"的人是图书馆守护者的职责，但即使是骆雯本人，也不甚了解"超限者"的真正含义，只知道她从少女时代就遵循名单的顺序为她整装待发的父母设计暗杀计划，他们日复一日木然地执行来自日曜日的命令，以换取干净的水和食物，还有一份令人沉醉的阳光，就像那是图书馆守护者们代代相传的重任。

她永远不会知道这个神秘的男人所缄默的秘密。所谓"超限者"，在地上的司法系统被称为"一级危害系统安全罪犯罪嫌疑人"（情节特别恶劣、危害特别严重、社会危害极大），因为触碰权限之外的知识而进行一系列的实验、记录、编册，严重违反《大陆架共同体刑法》，将会被剥夺一切公民权利后判处三十五年监禁到终身监禁不等的刑罚；而在这片黑暗的地下海，按《拉斐尔·加罗法洛犯罪池管理办法》规定，他们的下场更为直接，守护者们的刀锋和子弹便足够让这些人永远沉默，而醉心于物理、化学、生物实验的死者们甚至不知道自己曾被列在名单上，也未曾知道自己的犯罪数据已经被拉斐尔·加罗法洛标记为"高质量犯罪"。他们在世上留下的唯一痕迹，也许正是稍稍改变了模式识别神经网络的权值矩阵。

资料上记载着的是超限者们的详细信息，剑术大师戴上厚重的老花眼镜，凭借微弱的光亮一页一页浏览着即将被抹杀的人们，揣摩着他们的生平。而当守护者翻开最后一面，她不敢相信地再看了几遍写在纸上的名字，心情复杂地将这张纸放在了资料的最上方。

卡维尔·雷泽诺夫，卡维尔·雷泽诺夫，卡维尔……雷泽诺夫。

剑术大师轻轻唤出他的名字，带有唏嘘的不忍和淋漓的快意。她的手指在《神曲》老旧的封面上摩擦，仿佛在抚摸苏诺的脸庞，擦去并不存在的泪痕。

日曜日快步穿行在奥伯丁迷宫一般复杂的巷道系统内，丝毫不心疼鲨鱼皮长靴已经沾满了带有血污的泥泞，以期能摆脱紧紧跟在后面、隐藏在黑暗背后的追踪者。

十分钟前，走在大街上的他就已经发现有人远远吊在身后，于是打消了去港口酒吧喝一杯"青草蜢"的念头，和追踪者玩起了猫捉老鼠的游戏。而现在，走入如蛛网般纵横交错的巷道网络的他才发现，居然有人比他更熟悉奥伯丁的小道，在被带入阴暗的深处后，不得不拔出军刀迎敌。

日曜日的左手不露痕迹地在羊毛绒披风的遮盖下摸到了皮带上的枪袋，一把装满六发子弹的柯尔特蟒蛇型左轮手枪正安静躺在那里——手持利刃的男人同时也是不世出的神枪手，年轻的时候曾经在颠簸的甲板上隔着五十米的距离一枪打穿白鳍鲨的眼睛，足够让那些站在平稳的气翼艇，装备着高精度光学辅助和动态捕捉瞄具却频频失手的人们啧啧称奇。

自继承日曜日这个称号，接过父辈的权限后，他依然会回忆起在这地下海远航的日子，不时亲自担任超限者名单的传递者，来往于港口之间。如今看来，正是他热衷冒险的性格将他再一次置于危险的境地。

因为守护者家族崩溃而导致的奥伯丁地区犯罪置信度飙升，他一直有所耳闻。自从骆雯的女儿失踪后，这个曾经凶名赫赫的图书馆守护者便终日深居简出，四十三年如一日地在破旧的居所里编织毛衣。她最后没有收养继承人，但亦未沉沦于酒精和菇类提炼的致幻剂，她还是像以前一样，兢兢业业地工作。然而当日曜日某次将名单递给这个久负盛名的剑术大师的时候，才发现这个颓然的女人的灵魂早已被抽走。

"守护者，难道多年以来你都是独自一人亲自出手，没有像其他港口图书馆的守护者那样，通过挑动帮派之间的矛盾、雇佣不怕死的流氓、设计精巧的意外来完成暗杀？"日曜日惊讶地问。

"我不再想和任何其他人打交道。"那时面容仍然姣丽的守护者轻轻答道。

"何等的技艺精湛。"

"只是上瘾了而已。"

借着港口些许的灯光，他已经看到了追踪者的身影，手拄柚木长杖如大理石雕塑般伫立在小巷尽头。直刃军刀刀尖在他手中微微垂落，指向对方的膝盖，等候者的面容深深隐藏在黑色兜帽下，日曜日只能看到他在灯光中若隐若现的胡须。

一个人吗？

日曜日不敢大意，他绝对不会小觑奥伯丁的小偷和抢劫者，这些像鲨群一样行动的孱弱个体能够轻易击溃自以为是的巨鲸。他不着痕迹地将枪袋的黄铜扣打开，把手放在枪把上，盘算着每一发子弹的用途。

"你是谁？"

他审慎地站在对方身前，震惊地发现黑色罩袍下的人用绒布蒙着双眼。这人看不见东西，日曜日心想，难道我已经老到能被一个盲人逼到这个地步了？他保持着距离环视了一周，十字路口再没有任何诡异跑过的黑影和低沉的脚步声。

"日曜日？"他听见面前的盲人说道。

沉思的持剑者为这个名字而抬头，遽缩的瞳孔只倒映出一闪而逝的冷光，那是钢铁在灯下反射出的锋利寒芒，带有属于凶器的凌厉和破裂的风声。他还没来得及回答，便从蝙蝠的嘶鸣中分辨出弧形刀刃和柚木木杖摩擦的声音，匆忙间回撤举刀，格挡的瞬间军刀即被带有巨大力量的斩击崩断。

在刀身碎裂迸飞的碎渣中，他并没有忘记紧贴左手的大口径左轮手枪，六发粗制滥造的马格南点三五七子弹躺在弹巢里，如同仍未出鞘的利剑。日曜日是精于防守反击的军刀好手，牢记维多利亚时期大不列颠刀术大师之言"相信反击的本能并静候对手出刀"。相传旧美利坚西部牛仔们曾固执地站在正午烈日下等待对手拔枪，正是因为他们相信拔枪的本能甚于有意识的动作。他冷静地整个人向后倒去，并不在意迎接他的将是肮脏的泥泞，同时下压左手，把枪管对准挥劈出第二刀的黑袍者。

而当左手食指扣在扳机上的刹那，他却借着灯光清楚看到了刃身上烙有的刃文，这种刃文的排列如同晨曦中的八重樱花花瓣一般，错落有致，水色生鲜。这一刻他竟迟疑了稍许，而正是这丝迟疑锁定了他在交锋中的败局，他只是张了张嘴，手指不知为何没有按下扳机。在刀锋挥来的最后一刹那，他终于从刀身滢滢的倒影中看到了自己的眼睛，愕然、不解、恐惧和震惊。眼睁睁看着从上至下挥劈的利刃毫无阻碍地越过喉咙、冈上肌和胸膛，以逆袈裟斩的架势劈断了锁骨和左手。

利刃呼啸而过，扫出一地血弧，刀锋却不沾一滴血。

"你是……"

刀锋高速摩擦的余热驻留在耳边，血液的味道跳转于舌尖，气管被割断的日曜日最终未能完整说出一句话，唯一从喉咙里挤出的几个字听不出是平调还是升调，故不知是陈述抑或疑问。

那把刀……菊一文字则宗……你和骆雯是什么关系……

日曜日最后所能看到的唯有被缓缓收入木杖的古刀，他到死也没想明白名刀菊一文字则宗的刀条为什么被封入了一把杖刀，只知道对手拔刀之快超越他的想象，击溃了他作为一名持剑者的所有自信。他不想问交锋的缘由，只因血腥味在这地下海实在太司空见惯，在死后他将一丝不挂，所有有用的东西都会被路过此地的人掠夺一空，从此所有活过的痕迹都将飘散在甜腻的风中，唯有拉斐尔·加罗法洛冰冷的数据库会尽职尽责记住他的名字。

啊！

在全身的血液流干之前，他终于倾尽全力，发出了一声轻柔而不甘的叹息。

骆雯把眼睛从镜片矩阵盒的透镜挪开，一丝阳光透出后又马上被盖上。隔着单薄的窗户，她听到了从两三个街区外传来的左轮手枪声，因为贸易枢纽的地位和不可言说的默契，人们很少会在奥伯丁看见热兵器，港口里倒是充斥着拳拳到肉的斗殴和刀刀见血的决斗，但只要不影响跳蚤市场的运作，没人会在意这些男人间的谈话，至于更深处的阴暗巷道，则无人有胆量询问。

凭借训练有素的耳朵，她听出了这把左轮手枪的型号，灰门枪械厂出品的柯尔特蟒蛇型左轮，硝化纤维为主的多基火药在空中炸裂的声音。大图书馆的守护者看了一眼身旁多年前已停摆的铜镀落地座钟，从黄铁隔板后抽出积尘的温彻斯特 M1894 步枪和仅存的几颗达姆弹。

又一声枪声响起，这次则伴着一个女人的号叫和歇斯底里的哀求声。骆雯则愣了愣，难道那不是日曜日？只是一次抢劫或是杀戮？街口跳动着长长的影子，她放下窗帘，回头裹上黑袍。

嘈杂声离这里越来越近了。

融进街角黑暗的剑术大师携着佩枪冷眼旁观，发现事情比她想象中的还无聊，久违的枪声的背后居然只是无关痛痒的家庭纠纷。骆雯认得，那是一个落魄的鞋匠和织布女工组成的家庭，居住在靠近铁矿区的奥伯丁边缘，开枪的男人用枪顶在瑟瑟发抖的女人头上朝她怒吼，不吝以最恶毒下流的语言来攻击这个小腿被大口径子弹刮伤的女人。守护者刚刚被点燃的好奇心又瞬间熄灭，她没兴趣理会正流出鲜血的伤口也没兴趣倾听富有节律的咒骂，正准备扫兴而去时却发现男人身披昂贵的黑色开司米大衣，耷拉下来的硬肩显然不符合他的身形。

她的心脏一震。

认识我的人又少了一个。

回过头的骆雯抚摸了一下温彻斯特步枪，用力向下扣动生锈的扳机护圈杠杆，咔嚓一声后露出空荡荡的弹匣。

"跑啊，继续跑啊！"瘦弱如柴的鞋匠气势汹汹地一脚踢在女人的肚子上，让她蜷缩的姿势更像一条卷在风干蘑菇上的毛虫，"来骂我，骂我啊。平时不是骂得很凶吗？你的婊子嘴就像烂蘑菇一样臭，张嘴就是为了钱钱钱。你以为老子真打不过你？"

"求求你——"摁着腿上伤口的织布女工大声哀号，尽管那只是看上去很严重的擦伤，"——我不该那样说你！但是我要死了——"

"你不是天天吵着要死吗？现在怎么不见你高兴啊——"鞋匠更用力地把顶在她头上的左轮手枪往下摁，像是要把枪管直接插进大脑，"——他妈的每个晚上你都要因为烤焦了一点蘑菇就要死要活。"

"我要死了——"女人的声音一下子高一下子低，她的小腿抽搐着，"——求求你帮我绑一下绷带，放过我——"

鞋匠哈哈大笑："想都别想。你他妈这个婊子平时骂得那么爽，现在像条狗……"

他的大笑随即被巨大的枪声和艳丽的火花生生掩盖，黄铜弹壳冒着轻烟被猛烈抛飞，突破音障的达姆弹头直接掀开他并不坚硬的头盖骨，扭曲变形的开花软铅贯穿半个脑袋带飞几颗发黑的牙齿。一幅精致而残忍的血色油画瞬间在身旁的石灰墙铺开，愕然的女人嘴巴大张，尝到男人飞溅到她舌尖的血腥味。

阴影中的守护者收起步枪无言站起，走到惊魂未定的女人面前，拍了拍她的脸颊："你们从哪边来？"

织布女工木然地抬手指了指铁矿区的方向，巷道网络的深处，廉价劳动力的集中营，无数罪恶的丛生之地。翻着《圣经》和《神曲》的日曜日曾诗兴大发将那里描述为"充满血与泪的应许之地"，骆雯往日私下对此嗤之以鼻，如今却倍觉伤感。

大图书馆的守护者点点头，俯身捡起被脑浆和血迹涂满的左轮手枪，郑重收入衣袋的深处。在她一步一步走入巷道后，趴在地上的女人突然号啕大哭，仿佛鬼魂的吼叫回荡在无人的长街，让躲在各自黑暗的屋内偷窥的人们心惊肉跳。

　　奥伯丁，图书馆区和铁矿区交界，巷道网络深处。

　　长叹一声，站在日曜日赤裸扭曲的尸体前，骆雯开始怀念起烟草的味道。可惜她的肺已经无法再承受尼古丁的快意，故无法再麻醉自己日益深重的孤独。她发现自己也不得不服老，连"尘归尘，土归土"的下一句祷文都已经遗忘。她俯下身想为旧日的相识合上双眼，却惊讶地发现他那对水蓝色双眼已被残忍挖去。

　　检查着尸身的守护者不认为倒霉的鞋匠有能力刺杀来自灰门港口的军刀好手，那家伙只是路过并剥光了日曜日。但从职业杀手的角度看，鞋匠那瘦弱的臂膀根本不可能切出如此整齐利落的刀伤，也没理由要剜下受害者的眼睛，杀人者到底是为了什么？枪械？刀具？钱币？衣物？

　　思考的时候她听到远处的一声低呼，抬头发现一个瘦小的男孩目瞪口呆地看着她和死去的日曜日。这个男孩她也认得，铁矿区某个偷窃集团的小偷，两年前因偷走码头区酒馆老板的保险柜钥匙被活活打断右手，从此失去了谋生的活计，只能苟且在巷道网络的深处。然而他们之间还没说一句话，男孩就突然疯狂摆手大喊："别杀……别杀我，不是我做的。我是拿钱……拿钱办事……别杀我……"

　　他转身就跑，可是骆雯的动作比他快上太多。老去的守护者起身举枪的动作依然如顶尖射手般迅捷，教科书一样的快速装弹，果断凌厉地瞄准射击，若日曜日还能看到此幕，必然会感叹一声真不愧是大图书馆的守护者，系统下属的职业杀手。刚跑出去几步的男孩只觉得小腿一软便栽倒在砖石铺就的街面，这时他才听见一声步枪的轰鸣，往身下摸去只能触到鲜血的温润，发现自己的小腿已经被一枪轰断。

他正要因为迟来的剧痛而哀号，骆雯便已一枪托砸在他侧肋上，让他已经滚到喉咙的悲鸣又硬生生咽了下去。守护者不带丝毫怜悯地看着几乎因疼痛而休克的男孩："拿钱办事，拿钱办事。谁的钱？什么事？"

浑身抽搐冒着冷汗的男孩几近虚脱昏倒，他极低的音量如同梦呓："我没有杀他……"

骆雯："我不想重复我的问题。"

躺在地上的男孩："一个男人……别！——是一个盲人！一个盲人！我不知道他的名字，几天前我在铁矿区酒馆认识他的，他给钱让我把这家伙引来这里，那个死了的家伙，对对对对！就这个地方！"

骆雯陷入沉默。常见的收买犯罪手法，更激进一些还可以形成一条长长的收买链，她在年轻的时候便为父亲设计过这样层层嵌套的刺杀计划。这种手段保证了犯罪目的的绝对保密，她无法利用"同理心"来进行推断。

男孩以为她不满意，于是更激动地喊起来："对了！对了！还有，几天前他让我，他让我到码头上去认这个人——对对对，就这个人，我在那里蹲了几天才看到这家伙！……他有素描像，他自己画的！我不知道为什么一个瞎子能画得那么准，真的不知道！"

骆雯："那为什么你会在这里？"

男孩："我……我想来这里看看到底发生了什么事！没……没想到真的死了人！"

骆雯略一沉吟："说出他的特征。"

男孩："他拿着一根有点弯的拐杖，那个拐杖是木头！是木头来的！我敲了一下，真的是木头的声音！"

骆雯有些失望。拄拐的盲人有什么奇怪呢？他们踏着外八字步像老母鸭走在路上，不时站定用竹竿和树枝探路，图书馆每一本书都曾如此记载他们。她怏怏不欢，却突然想到，地下海哪个盲人能用得起珍贵的木材？她的心里忽然有了答案，尽管并不想接受这个解答。

"我问你，那个盲人是不是……"

她后面的话没再能说下去，一阵悄然来自后脑的剧烈撞击直接将全神贯注的守护者打翻在地。半边脸都在淌血的老妇人艰难抬头，只能看到全身颤抖的织布女工脸上的泪痕还未干涸，小腿上的伤却已经结了血痂。循着枪声前来、不复蜷缩在地的她眼里写满愤懑，不知道当她向来逆来顺受的丈夫突然掏出枪的时候，她又是什么样的眼神？

居高临下的肥胖悍妇嗫嚅着再挥起手中的铁棍："你杀了那个窝囊废。"

跪在地上的骆雯还想说点什么，但她很快听到了从衰老身躯深处传来的骨头碎裂声响成一首欢快的歌。她倾尽全力往衣袋摸去，却已再也无法触及日曜日留下的左轮手枪，倒在雨点一样落在身上的敲打下。

呵，那会是你吗？卡维尔·雷泽诺夫。

她看着日曜日空洞的眼窝这样想着，随后思绪便被瞄准脑袋一棍打出的脑震荡掐断。

在数十年的杀戮生涯彻底画上句号的时候，她回想起那些曾在她刀锋下断气的冤魂们，说来可笑，正如雅威之子所言：凡动刀的，必死于刀下。曾行走在血与火中的剑术大师，终究是在老去之后落得个被痛打落水狗的下场。如今，紧握着一颗达姆弹，潮水般的疼痛彻底退去的最后一刹那，老妇人终于记起那句祷文的下一句话。

让往生者安宁，让在世者重获解脱。

第十二章

十天后，2624年1月5日，拉斐尔·加罗法洛动态高频加密信道，七曜日会议聊天频道。

权限：顶级权限。

聊天频道在线人员：西伯利亚北极大陆架城 Sz1 节点数据主管，代号月曜日；北美大陆架及百慕大城 Sz3 节点数据主管，代号水曜日；南非大陆架城 Sz4 节点数据主管，代号木曜日；波斯湾中东大陆架城 Sz5 节点数据主管，代号金曜日。

月曜日：看到通知了吗？

水曜日：刚刚收到的消息。很难相信出了这种事。

月曜日：其他人在吗？

木曜日：1

金曜日：2

水曜日：事关重大，等另外两位主管上线再进行正式会议。

< 欧洲大陆架城 Sz2 节点数据主管，代号火曜日接入加密频道，身份验证通过 >

——动态密钥再分配——

火曜日：来了这么多人。所以，你们都接到拉斐尔·加罗法洛的通知了？日曜日出了什么事？高等报告上说他已经死亡，同样在死亡名单上面的还有一个犯罪池守护者，两者死亡间隔不超过两个小时。我们都知道犯罪池是个什么地方，日曜日我姑且不评价，系统没能确定杀人者的身份。但大图书馆的守护者，中央系统直接控制的职业杀手，怎么可能会这么轻易死在一个普通女人的手里？

木曜日：人类终究不过是血肉之躯，历史上守护者死亡的报告还少吗？守护者的死亡不是我们这次会议议题的核心，核心是中央系统数据主管日曜日的死亡。据拉斐尔·加罗法洛监控，日曜日死于一个鉴别不出身份的人之手，死因推断是流血过多。从死前传回来的视频可以看到是冷兵器攻击，我们对这种古老的凶器一无所知。

金曜日：日曜日的虹膜芯片至今未能回收，但报告显示它的信号还在。拉斐尔·加罗法洛可以定位虹膜芯片的位置，其生物电池的电容还能坚持一个星期。

火曜日：问题就在这里，按"时代鸿沟"的原则，任何高于蒸汽时代科技的存在都不允许在犯罪池内以任何形式被目击，就连虹膜芯片植入手术都要伪装成宗教仪式，恐怕拉斐尔·加罗法洛并没有在犯罪池内布置执法者机器人。而且我们无法插手犯罪池的事，甚至连它的具体位置都不清楚。在没有外援的情况下，中央系统下属计算中心怎么去追捕一个极端危险的、杀掉日曜日，甚至和守护者的死亡有关的人？

月曜日：火曜日，守护者们自然会解决一切。请相信并尊重那些曾真正路过地狱的人，他们所具备的杀戮技艺均高于我们任何一个人所能想象的极限，切勿轻易谈论权限之外的知识。

火曜日：我明白。

木曜日：中央系统下属的计算中心目前应该处于半瘫痪状态，核心系统数据主管的死亡会给拉斐尔·加罗法洛带来相当大的数据量，模式识别系统将从日曜日植入虹膜芯片的瞬间开始彻底回顾他的一生，然后再扫描他曾经见过的所有人的一生。可以预计的是，庞大的计算量会拖慢拉斐尔·加罗法洛在接下来一段时间里的运作效率。当然，日曜日的死亡事件还存在诸多疑点，我们只能等待拉斐尔·加罗法洛的进一步处理和下一轮报告。

金曜日：我们可以开始议题了吗？

木曜日：人未到齐，还差一人。

水曜日：又是土曜日这家伙，几十年来我从没见过他准时上线。

月曜日：他向来是准确迟到十五分钟的。

< 南海大陆架城 Sz6 节点数据主管，代号土曜日接入加密频道，身份验证通过 >

——动态密钥再分配——

土曜日：诸位久等了。

月曜日：刚好十五分钟。土曜日，你还是和以往一样守时，让我们佩服不已。

土曜日：我睡得比较沉，而且最近重感冒，芥末味闹钟没叫醒我。真是多有失礼。

火曜日：这个借口你已经在二十年前用过了。模拟芥末味的丙烯芥子油挥发物不会刺激鼻黏膜，你这个老骗子。

水曜日：附议。

金曜日：附议。

木曜日：附议。

月曜日：附议。

土曜日：尴尬。你们就打算一直把我黑到底吗？

月曜日：只是日常性质的玩笑而已，上一次七曜会议已经是十年前，听到阔别多年的笑话会觉得感动吗？在物是人非的今天。日曜日已经不会再回来了，就像网络游戏里 AFK 的好友，下次上线，那个 ID 背后的人将彻底改变。

木曜日：将会是我们六人中的其中一个。

火曜日：好了好了。现在六人全部齐了，我们开始工作吧。日曜日在其任内被杀死，拉斐尔·加罗法洛的数据库显示他没有任何可以继承权限的子嗣，无法沿用大陆架继承法的法律，所以按犯罪池管理办法，我们六人自己选举一个出来出任日曜日。古典的直接民主，候选人自愿站出，一人一票，多票者胜。如果票数打平，伟大的伪随机数方法将会以最朴素的线性同余法得出继任人——顺便一提，拉斐尔·加罗法洛的随机数生成器是我祖上写的。

金曜日：何等荣耀显赫的家世，就和无限猴子定理一样，理应被永远记载在史册上彪炳万世。

火曜日：收起你蹩脚的讽刺，我想你先辈的智力也许是按指数分布遗传给后代，轮到你的时候已经几乎要收敛于零。

水曜日：自然界中最普遍存在的正态分布更适合描述他家族的智力遗传情况。

木曜日：愚蠢！这两个分布到最后是等阶无穷小。

金曜日：等阶无穷小？

土曜日：各位，请不要再无意义地展现各自的统计学水平，因为我一个字都看不懂。既然是久别重逢，请允许我先说一个故事作为开场白。双头鹰的驾驭者、欧罗巴的支配者、美利坚的操纵者、好望角的领导者、大流士的继承者，请你们静下心来倾听这个故事，就像我们儿时坐在我们各自母亲的膝上那样安静。

月曜日：当然，土曜日。你的故事总是那么精彩而令人深思，在过去的几十年里从来没让我们失望。很难想象你是如何精力充沛，孜孜不倦去搜集那些尘封在历史里的过去。

土曜日：1853 年，旧美国海军准将马修·佩里率舰队驶入江户湾浦贺海面，带着总统米勒德·菲尔莫尔所写国书对江户幕府致意，要求结束幕府闭关锁国政策与欧美通商。慑于坚船利炮，日方最终于横滨签订《日美亲善条约》，揭开了幕末时代和明治维新的序幕。而我今天带来的，是一段发生在 1864—1869 年之间的往事。故事的主角，是旧日本幕末的武士们……

元治元年旧历六月二日，1864 年 7 月 5 日，池田屋事变前三天，日本，京都，壬生寺。

站在大念佛堂的狂言舞台上，赤足的山南敬助双手插袖，驻足于面容清寂的地藏菩萨石雕前，头戴能面"弱法师"的北辰一刀流门人在久久的踌躇后把身子探向旁边的水桶，嘴中念念有词，舀起一勺水轻轻浇在无言的地藏菩萨头上。

"呀，山南先生，在干什么？"

新选组一番队队长冲田总司欢快的声音从舞台下传来。山南敬助转身，冲田总司朝他招手后爬上舞台蹦蹦跳跳，继续用他那独有的明朗声线惊叹道："咦，水挂地藏，是在祈愿吗？山南先生在想些什么？是想着岛原的红粉知己天神明理小姐？说起来已经很久没有见到她了，山南先生也很寂寞吧？"

"你这家伙……"山南敬助原本没有表情的脸也潮红起来，冲田总司的脑回路是出名的跳脱，如果不是已经无数次见证他手握菊一文字则宗，以绝技"三段刺"在电光石火的刹那间贯穿拔刀之敌的喉咙，很难相信这个性情温和欢乐的男孩会是让人闻之色变的修罗恶鬼。那个曾行过三途川摘下彼岸花的屠夫，即使是在笑容满面的时候，腰间的佩刀也在散发着鹰隼一般磅礴的杀气，让人不得不认真对待。

但是他应该怎么回答呢？实话实说地将自己对新选组副长土方岁三的不满和盘托出吗？在他看来，三日后即将发生的池田屋突袭将宣告新选组彻底走上佐幕派的道路。这个倾注了自己太多心血的浪人组织已经离自己尊崇天皇、驱逐洋人、维新变法的理想越来越远，水坑里的草鱼长大后仍囿于一方水坑，洋洋自得于日益膨胀的体形，却不知时代的烈日正在蒸发那些仅存的水洼。

据各处情报网传来的消息，一向敏锐的山南敬助已经明白幕府的统治摇摇欲坠。维新派的倒幕运动正在以前所未有的姿态降临在这个盛开着樱花的国度，在西洋人眼中，笼罩在东方国土的神秘迷雾随着德川幕府的屈服彻底散去后，他们首先能看到的就是被黑船事件这个火花点燃的炸药桶，他们冷眼旁观，就像注视着猢狲在笼中争斗。每夜山南敬助静坐在佛堂的内室，环绕着他的屏风上绘着狰狞的夜叉和罗刹，月光照亮院子里的夜啼地藏——他似乎能看到血流成河的《地狱变》将这俗世淹没。每次想到这点，他的心底都滚过浩叹：我的老朋友们啊，幕府气数已尽，你们明白你们在与时代为敌吗？

山南敬助最终将脸别开，他语气依然柔和，却带了些微的负气："我在给你们三天后的行动祈福，希望你们平安回来！"

"啊呀啊呀，原来如此，真是劳烦山南先生。"冲田总司根本没去琢磨山南敬助带有丝丝凉意的话。这时壬生寺里的小孩子们又在庭院里喊着冲田总司的名字跑来跑去，拨浪鼓和剑球吸引了剑术大师的所有注意力，他嘻嘻哈哈地跳下舞台对小孩们做鬼脸，引起一阵大笑。

山南敬助不再言语，扶正脸上的"弱法师"面具，从狂言舞台转身离去，没人能看到他的表情，只知道他鬼魅一样无声地在廊道走过，消失在烛火不能照耀的深处。

隔着庭院，靠在纸门上的土方岁三看着山南敬助瘦削清癯的身影渐渐远去，他们在新选组里互为兄弟亦互为政敌。农民出身的土方岁三忠于代表着武士阶层的幕府，一直想高举着"诚"字旗让新选组出人头地，而山南敬助却直白地祭出尊王攘夷的大旗号称推翻幕府。两人在多年的政治斗争中纠缠搏斗，土方岁三最终凭借过人的心计把山南敬助架空并排挤出局，成功说服局长近藤勇在三日后发动池田屋事变，将密谋在京都放火、劫持天皇的维新派悉数斩杀。

新选组的副长心事万千。被一群小孩拖着衣袖带来带去的冲田总司玩够了之后来到他身旁："咦，岁三桑，你又在干吗？"

土方岁三笑笑："磨刀。"

冲田总司跳到榻榻米上："我来给你磨吧。我刚从老和尚那里讨来一块水月石……刀呢？"

土方岁三指指自己的心脏位置，脸上又露出了那种被冲田总司称为"故弄玄虚"的表情："这里。"

冲田总司："咿呀，你又来了。"

土方岁三："山南君怎么说？他有说什么吗？"

冲田总司："山南先生呀？他说他在为我们祈福。"

土方岁三顿了顿，他的语速很慢："祈福，对，祈福，这里也有和石田村一样的风俗，把水浇到地藏菩萨头上后，愿望就会成真……总司，你说，我们是为了什么从石田村走出来呢？好像一不小心，就离家乡这么远了。"

冲田总司："近藤局长不是说过了吗？我们都是有为的年轻人，自然是要一心报国才对。"

土方岁三："是啊……可是每个人对'报国'都会有不同的甚至完全相反的理解。当观念不合的时候，就会引发争斗，一方采取行动，另一方进行反制。但是为什么会这样子呢？人们都是围绕'报国'这一目的聚拢在一面旗帜下，却又因为'报国'而产生这样那样的分歧。"

冲田总司："我不懂。"

土方岁三："你当然不懂，总司，你还是个孩子。这是信念，至死不渝的信念。我们曾经发过誓的，为将军阁下战斗到最后一刻。一名武士所有的骄傲和尊严都在于信诺，我们承诺的，我们就必须要做到，无论是摇旗呐喊还是浴血奋战。不为功名也不为苍生，我们为立下的誓言而战。"

冲田总司眨眨眼睛："即使践行这诺言的代价，将会是泪水和鲜血？"

"当然。"土方岁三断然答道，他的声音有着山岳般的坚毅，如同山崩的回音回荡在寂静的佛堂，"须常谨记，'武士之道，即醉心于死。'"

月曜日：请稍等，容我打断一下这精彩的叙述。

土曜日：怎么了？

月曜日：我的老朋友，你似乎意有所指。这个故事不再同以往那么无害，注满了深有含义的韵脚，我相信所有人都能看出来你有话想说，但你本身也要思考你的脚有没有踩在红线上。我们是数据主管，但也只是数据主管。虽然享有一定的豁免权，但悬顶之剑依然高挂。

水曜日：相比之下，我还是更喜欢以前的时光。土曜日，你以前的讲述从来没有今天这么激进，是日曜日的死亡扰乱了你的内心，还是你从他的死亡中看出了什么？你故事里的山南敬助、土方岁三两人的冲突必然有所指代，拉斐尔·加罗法洛无法鉴别这种高超的修辞手法，但我们可以。

金曜日：我支持土曜日。各位，往这大地外望去吧！事情已经到了不得不改变某些东西的时候，你们当真是没看到已经开始腐朽的大地？旧时代埋藏在地下未引爆的氢铀弹，它们的外壳在逐渐氧化，到近五十年已经完全失去了隔离衰变产生的铯-137的功用。这直接导致大陆架被核辐射侵蚀的情况越来越严重，波斯湾和红海更是如此，天气在变得越来越寒冷干燥，沙漠地带太过依赖绿洲来灌溉农田，而上一代留下的滴灌设备和工业设施意外损坏之后，我们的技术人员根本无法修复，就是因为这该死的……

金曜日：差点说出了不该说的话。你们记得这句吗，"地必为你的缘故受咒诅。你必终身劳苦，才能从地里得吃的。地必长出荆棘和蒺藜来，地也不效力，人要辛苦劳动汗流满面才能糊口，直到你归了土，因为你是从土而出的。你本是尘土，仍要归于尘土。"你们各自的辖区也必然面临着和波斯湾相似的问题。西伯利亚、欧洲、美洲、非洲还有东南亚，别告诉我你们的核辐射监测数据尚且乐观，你们的大地和我们的一样，都受到了诅咒。

火曜日：现在的确存在核辐射扩散的问题，或者说，人类生存条件恶化的问题一直存在。我不认为这是什么特殊的时期，更不是什么诅咒，难道建立六大大陆架城的先驱者们就没有面临过核辐射问题吗？"已有之事，后必再有，已行之事，后必再行。日光之下，并无新事。"乱引用《圣经》的章节不能增加任何说服力，除了看上去版面占得比较多之外毫无用处。

木曜日：对不起，诸位，请不要再用《圣经》的句子来做注解，我根本不知道你们在说什么。我推荐使用我部落出版的伏都教经典《维达，蟒庙之歌》来进行交流，只有寥寥三十万字，却有许多引人深思的金句。下面请允许我节选一小段供诸位鉴赏……

月曜日：好了，木曜日阁下，我想我们对非洲的古老宗教并没有太大兴趣。我们还是继续倾听土曜日的故事吧。

第
十
三
章

与此同时，南海大陆架城，港湾区，珠江入海口。

沉浸于夕阳的余晖和垃圾桶的腐臭，罗隐极为不情愿地从破旧的轨道电车走下，目送这最后一班从中心城区到港湾区的轻轨在视野中远去。他站在地上仰视着错综复杂的晾衣绳、电线、光纤、煤气输送管道甚至是自搭的自来水管，它们就这样赤裸裸地交错在半空，割开暮色的苍穹，与高楼投下的巨大阴影融为一张黑色的蒙布。

现在，站在狭窄铁轨旁的罗隐终于明白什么叫心存敬畏。两侧四五十米高的绵延板楼遮天蔽日，就连从中心城区铺来的铁轨也只是两幢板楼之间的一条稍微宽敞点的街道。两个小时前坐在电车上的他被过亮的日光灯管晃得睁不开眼，根本没发现电车什么时候驶入了永不见日的港湾区，埋没在霓虹走马大灯的光幕中。他不禁回想起王钢的论断：港湾区正是无业者、孤儿和落魄高龄工人最后的避风港，他们日复一日蜷缩在这高耸入云的围城，以各种各样的方式换取微不足道的生存希望。工厂区工作的人们也在这时挤着一班班轻轨回到此处，沙丁鱼罐头般的人们从电车涌出，无言地拖着疲惫的身躯归家，坐落在黑暗深处的 × 记烧卖、× 记包子铺、× × 士多店、游戏房、VR 放映厅随着入夜变得生意兴隆，安静的大街似乎在刹那间变得熙熙攘攘。见证着这一切的计算机工程师竟一时恍惚，想起机房中央沉寂已久的服务器被启动的瞬间。

港湾区活了过来，仿佛枯朽的尸身从死去的梦中苏醒。

停留在电线杆上的黑色乌鸦不怀好意地盯着地上的罗隐，后者则看着一条驮着一篮篮苹果的仿生机械狗若有所思。计算机工程师环视一周，深植于灵魂的职业本能让他找到了至少十个耷拉在外的集线器、路由器和交换机，没有任何保护的网络硬件让他浑身不舒服。他斜眼盯着那些在铁窗防护网处垂下来的分线器，评估着这里的系统网络安全，不小心撞上了几个拿着棉花糖和棒棒糖跑过的小孩。

披着各种补丁的针织罩袍，赤脚的小孩们脚上沾着烂泥，指缝间是细碎的砂石，如惊鹿般抬头看他一眼便匆匆走开。罗隐惊讶于他们常年被海风吹拂而变得干裂潮红的脸庞，觉得自己和这里格格不入。如果说港湾区的人们有什么特点的话，那么一定是他们躲闪的眼神，不堪旁人的注视。量化犯罪部的工作人员认为，这是因为他们相信只要不和执法者与摄像头对视，便可以避免模式识别监控识别出他们的身份。

再走出一段路后他才发现大衣口袋被割穿，手机和蓝牙耳机在刚刚的错身而过中便已被窃贼收入囊中。罗隐站在原地想了想"盗窃"的含义，恍然大悟后回头去追那几个哈哈笑着走远的熊孩子，却发现一架低空呼啸而过的四翼无人机飞得比他还快，机载非致命电休克枪上的 LED 灯闪烁着标志执法者进入攻击状态的黄色闪光，远远望去如同钢铁丛林中的萤火虫。

"不好意思，让一让。"

罗隐客客气气恳请水果摊的老板娘挪开杂物，以让他跟上穿行在狭窄巷道中的无人机，却收获了一个风情万种的白眼。他情急之下直接翻过堆在巷口的离心破碎器、电磁烤果炉和废旧酿汁机，计算机工程师在滑溜溜的青苔上迎着空调的热风行走，身后是连珠炮般的咒骂。

蜂鸣的执法者在拐过三个拐角后已经完全甩开罗隐。两长一短鸣笛警告无效，无人机瞬息间稳定气动姿态，扫描仪确定目标，毫不迟疑击发撞针，高压氮气仓弹出两枚电极飞镖，头部倒钩射向被标记为盗窃者的小孩，直接刺入后肩真皮层。由连着飞镖和枪身的金属丝供电，飞镖之间的绝缘铜线在刹那间爆发出明丽的蓝色脉冲，五万伏高压电冲击足够让他抽搐倒地。整个过程行云流水一气呵成，喘着大气的罗隐只看到黑暗中一闪而逝的弧光，随后便是掉在地上弹跳而起的塑料弹壳。

小孩脸朝下倒在一个水坑中，他的三五个同伴已作鸟兽散。罗隐谨慎地接近他，执法者无人机也似乎不再追击，悬浮在计算机工程师的身后，明亮的黄灯也熄灭，不知是回到了巡逻模式还是在监视两人。

"你的东西找不回来了。"

就当他想起丢失的手机时，一个中气十足的声音在他面前响起。抬头去看小巷的拐角，全身裹在黑色长衣里的瘦弱人形正踱步而来，定步在他面前。

有着狐狼般细长眼睛的男人问道："罗隐，罗先生吗？"

计算机工程师很警惕，他在港湾区没有任何朋友和亲人："你是谁？"

来人答道："土曜日阁下通知我来接待你。你可以叫我的代号，我叫'鹌鹑'。"

罗隐骇然，一时说不出话来。他想了想，把土曜日给他的卡片从口袋里翻出来，谢天谢地，它没有被小偷们拿走。

鹡鸰接过卡片，手指在上面轻轻划动了一下："先把那家伙翻个身，电击昏迷五分钟，这样下去他要死了。"

罗隐依言小心翼翼地把昏迷的男孩翻过身来，至少防止他不明不白地溺死在浅浅的水坑。

罗隐："你刚才说我的东西找不回来了，这是为什么？"

鹡鸰："不为什么。他的同伙没有被执法者标记，赃物已经石沉大海，无人机只能通过锁定虹膜芯片信号来追踪目标，所以它的职责只是控制被标记的犯罪嫌疑人，抓捕犯罪嫌疑人的职责则由OPTA人形执法者完成，以它们的速度恐怕还有十几分钟才能到达现场……对了，你的东西会在港湾区的市场经手好几次之后以高价卖出，来自中心城区的东西向来是抢手货。"

罗隐："毫无意义，我的手机有指纹和虹膜锁，只有我才能打开它。"

鹡鸰："这跟它能不能拿回来没有直接的关系，没有实用价值的东西也有其艺术价值，也许某个人会买下来挂在墙上或者放进盒子里。"

罗隐："这小孩会怎么样？"

鹡鸰："不怎么样。无赃物则无实体证据，放在拉斐尔·加罗法洛之前是无法定罪的。现在的话，无人机及虹膜芯片监控视频是法定证据之一，但不会判得很重，三个月到半年无偿劳役，这点惩罚与赃物被卖出后所分得的交易点数相比不值一提……赞美系统，你的正义长存。"

罗隐眯起眼睛："恕我直言，拉斐尔·加罗法洛的执法细节，这不该是一个居住在港湾区的普通工人应该知道的东西。它至少是属于二级学科的知识，能够看出执法漏洞的人，我并不认为满街都是。而且……为什么拉斐尔·加罗法洛没有因为你的言论给出逮捕指令？你所获取的知识显然已经超越了权限。"

鹌鹑耸耸肩，回避了这个问题。

罗隐了然地笑笑。

在沉默地对峙一阵后，鹌鹑摊开双手，他的白牙齿在微弱的光中十分显眼："总之，见笑了，罗先生，我想我们不该站在这里说话的。你要的东西我已经准备好了。如果你信得过我的话，不妨跟我到处走走吧。"

1869 年 6 月 20 日，旧日本，虾夷共和国（旧北海道），五棱郭要塞。

远眺在海风中鼓起的白帆和纷飞的海鸥，身披战甲的陆军奉行土方岁三再也说不出任何话，铅弹在腹部炸裂开的喇叭形空腔伴有猛烈的疼痛感，即使是最坚强的武士也不由得倒吸着阵阵凉气。被冷枪射中左腹，从飞奔的马上坠落，持剑的剑术师唯凭钢铁般的意志得以重新屹立于大地之上，轻抚破裂甲胄上的恶鬼浮纹，孤身一人挺立在尚未散尽的腥咸硝烟中。

亲自手刃"壬生狼"新选组的领导者土方岁三，将旧时代的传奇彻底终结，这个莫大的荣耀引诱着围拢的士兵们。明治新政府军看着平原上那个摇摇欲坠的人影与他脚边的一摊鲜血，他的战马遍体鳞伤却尚未断气，就躺在不远处。

土方岁三双眼布满血丝，脸上表情耐人寻味，像是金刚怒目，又如天狗龇牙。一年又两个月前江户无血开城，德川幕府的投降已让这个男人心灰意冷，心不在焉的他思绪根本不在面前的死局，如今唯一能想起的是多年前因叛逃新选组被下令切腹的山南敬助。是日，担任介错人①的冲田总司手中利刃轻轻颤抖，正襟危坐的土方岁三亦倍感心情复杂，当无言的山南敬助将刀尖干净利落地插入腹部，纵使是作为政敌的他也不由得流下眼泪。

山南君，也许你看到了正确的未来，武士和刀真的不再适合这个时代。但我的眼下，只有过去的誓言了。

现在的他只能尽全力挺直腰背，忍受着能将一头蛮牛活活折磨致死的疼痛以及将他尊严剥蚀殆尽的目光，拔出插在地上依旧明丽的佩刀和泉守兼定，刃指天穹，高声喝问："难道就没有一个真正的武士来与我决斗吗？！"无人应答，然后陆军大将掀起艳红的披风，咆哮着冲入逼近的敌阵。

他在拨开几下刺刀的挑逗后终于失血倒下。武士最后的冲锋也不过是踉踉跄跄的几步，和只存在了百余日的虾夷共和国一样，如同坠落在火塘的樱花花瓣，在刹那的艳丽火花后便化作灰烬。

事情发生时人们首先想到的，就是德川幕府的最后一面旗帜也被彻底粉碎了。长达七百年的武家统治顷刻间分崩离析，日本的武士、农民、工人、商人们甚至还未彻底理解它的深远含义。他们当时在想，又倒下了一个腐朽的封建统治者，就像史书上写的那样，不过是再一次日出与日落。

多年后的学者回顾这段历史，赋予它浓墨重彩。这时人们才知道，时代的沧桑巨变付出的代价竟是如此惨重，眷恋着过去的人，在梦醒的时分将会何等痛苦。

土曜日：这就是所有的故事。

---

① 介错人：在日本自杀方式"切腹"中，被找来作为切腹者助手在最痛苦时为其斩首的人。

月曜日：又是一段如歌的往事，你灵巧的叙述可以与中世纪最伟大的吟游诗人相比。新选组的故事波澜壮阔，主人公的结局则令人深思。那么我想问你一个问题，土曜日，在我们之中，谁是看到了未来大势的山南敬助，谁又是逆时代而行的土方岁三？

土曜日：月曜日，我无意针对在场的任何一人，只是偶然读到这个故事有感而发。其实金曜日说得没错，我们的确在面临巨大的生存难题。但有的时候我会想，先驱者的目的到底是什么？他们到底是为了什么建立了这么一个精致的犯罪预防和知识管制体系？我们接过父辈权限时所立的誓言又有什么意义？这些问题仿佛是迷雾中的幽灵，时常在我的梦中出现。

水曜日：这是什么意思？那你到底在说谁？

金曜日：土曜日的话已经很明白了，他无意针对在场的任何一人。

水曜日：我还是不太明白。

火曜日：这里除了我们六个人，还能有谁？

水曜日：谁？这里是最高加密级别的七曜会议，我不相信我们的通话会被任何渗透者截获。

月曜日：这里没有任何一个渗透工程师能够进入，但你总是忽略了监视者的存在，致命的威胁向来不只来自下方。

木曜日：拉斐尔·加罗法洛如果能知道你又无视了它，也许会生气的，不是吗？

2623年12月27日，南海大陆架城，Sz6计算中心。

数据主管熄灭了显示屏，让整个办公室陷入暗淡的夜色。所有即将来临的讨论和争吵都被抛在了脑后，他要说的话都已经说完了，多年前准备好的寓言就像一首流畅而富有韵律的歌，他早已在无数次的默读中熟记于心，以数十年如一日的细腻和耐心斟酌一字一句，更甚于抚摸从他父亲处用双手接过的黑蔷薇徽章。

黑蔷薇，旧时代转基因观赏花卉，花语权力、忠诚、至死不渝，数据主管徽章主要构成元素。土曜日小时候很喜欢将花瓣一片一片摘下又粘上，长大之后亦是如此，无人之时便会轻轻触碰别在衣领的镍铸黑色蔷薇，如同在试探内心忠诚的纯度。

"我会自觉拥护系统做出的一切有效决策，并将余生献给维护系统安全的伟大事业。"

土曜日粗大嶙峋的指节在桌上点击，这句宣誓曾经在大功率喇叭的帮助下响彻群山，那时他的声音还稍显稚嫩，敬畏于拉斐尔·加罗法洛模式识别系统的宏大瑰丽。两代数据主管的让渡仪式隆重盛大，整个南海大陆架城都注目于此，而真正权限的交接只是一行简单的代码，背后却不知道藏有多少辛酸血泪。

一代又一代的日曜日被这句誓言束缚了多久？在七名数据主管中，只有历代中央系统数据主管日曜日拥有最全面的权限，他可以浏览所有的系统文件，所有的系统日志，所有的系统历史，修改所有的系统参数。作为代价，他们一生都无法踏出犯罪池一步，但竟也未曾有过任何动作，真的甘心让拉斐尔·加罗法洛系统存在下去。

在过往的无数个黑夜中，土曜日站在雨中的落地窗前，疯狂地揣摩日曜日们的想法，依然想不出任何理由去解释他们的自甘臣服。他唯一所能知道的是，犯罪预防系统辅助下的知识管制体系正如面对时代巨变的幕府。也许它在核战后稳定人类生存秩序中曾做出巨大贡献，但第一生产力也因此被严重扼制。梦中的乌托邦真的只能是梦中的乌托邦。两百年来，各大大陆架城的平均年龄、人口自然增长率、生活水平指数、生存环境评估指数都在以几乎微不可见的速度稳定衰退。当土曜日从无人问津的系统数据条目中看完这些冰冷的统计数字，往后背摸去已是一片冷汗，他终于能体会山南敬助的感觉，那真的不是简单三两句话能形容的如芒在背。

但这次，他要完成未竟的事业。

他相信其他五曜日会慎重考虑他隐晦的提议，正如他坚信新时代总是踏着旧时代的尸骨登上峰峦。年轻的他仰望着拉斐尔·加罗法洛，心想这就是人类所铸的伟大剃刀，许多年后才从史书上惊觉："收天下之兵，聚之咸阳，销锋镝，铸以为金人十二，以弱天下之民。"收归了知识阅读权限的模式识别系统已经成为套在人类脖颈上的枷锁，它已经离先驱者的初衷太远太远。

土曜日睁开眼睛，他从柔软的皮椅上站起，来到落地窗边。灰色偏振玻璃幕墙背后，南海大陆架城在雾雨中浮现，他看到从左边延伸到右边的珠江，港湾区霓虹灯刺眼的七彩色调倒映在水中。

对不起，拉斐尔·加罗法洛退出历史舞台的时候到了！我不再囿于立下的誓言，如果在七曜日中非要选一个背叛离去的山南敬助，那么这个人必然是我。

月曜日：最后一个问题。

土曜日：你讲。

月曜日：日曜日的事是不是你下的手？

土曜日：我只有动机，但是没有手段。

金曜日：这点你可以相信土曜日，我们甚至都不知道犯罪池的具体位置。拉斐尔·加罗法洛的报告也表明他不可能会是凶手。

月曜日：我明白了。请不要介意，我只是本能地有些怀疑而已。

土曜日：无妨，这是很正常的询问，你的疑虑并不会影响我们之间的友谊。

火曜日：那么我们开始投票吧。各位数据主管还有什么意见吗？

火曜日：没有？那我们就正式进入工作流程了。

月曜日：/拉斐尔·加罗法洛

＜模式识别系统接入，指令接收端已就位＞

拉斐尔·加罗法洛：输入你的指令。

土曜日：/开启日曜日投票

拉斐尔·加罗法洛：接收指令。

＜日曜日投票开始＞

第十四章

2624 年 1 月 6 日，南海大陆架城，港湾区，珠江入海口。

收音机里播着的依然是《夜战马超》，太师椅上的人却已换了一个。鹁鸪虔诚地为关公像再插上三根香，摆正供品的朝向；罗隐不安地打量四方，眼睛瞟到木桌上的果盘，那几块苹果片已经黄得发黑。

"你最近怎么老是往家里带男人？"厨房里传出锅碗瓢盆砸在地上的声音。

"这位……这位也是中心城区来的贵客……"鹁鸪倚着门框对着他老婆赔笑。

罗隐听不出鹁鸪老婆正欲发作而又忍住的鼻音，他在打量古老的半导体收音机，不动声色地推断鹁鸪的知识结构。唱戏的声音越来越大，来自中心城区的计算机工程师听不懂古粤语，只能依稀分辨出张飞、马超这两个呼来喝去的名字。

鹁鸪将他的妻儿送上二楼，回来向罗隐赔罪："久等久等。见笑了，见笑了。"

看着点头哈腰的鹌鹑，计算机工程师这时才感受到一股寒意从脊椎钻向头颅。面前这个面容卑微的中年男人不复行走在黑暗中的干净利落，他到底是什么样的人？一个受气窝囊的港湾区中年工人还是一个冷酷无情的神秘人？计算机工程师皱起眉头，自己准备好的说辞也许在这种多变的人面前变得毫无意义，如同面对深不见底的夜空，只能听天由命。

罗隐："鹌鹑先生，我们可以认真谈谈吗？我想要中央系统报告，越快越好。"

鹌鹑："当然可以，罗工。"

罗隐："这是哪里？"

鹌鹑："如你所见，这是我家。它还有另外一个功能，港湾区地下黑市的交易厅，而我是其中一个引路人。拥有特制盲卡走入港湾区，便会被引路人找上门，你手上的那张卡片，就是带有发信器的通行证。土曜日阁下是我们的贵宾，我自然是不敢怠慢他的来客。"

罗隐呆呆看着鹌鹑的嘴唇，为什么拉斐尔·加罗法洛没有识别出他的唇语？黑市、盲卡这些关键词难道还不够吗？

鹌鹑："等下我可以带你参观一下这里，我们有一个反菲涅尔衍射工艺机床，用来制造盲卡，或者在物体上打盲文浮点。"

罗隐擦了擦鬓角的冷汗："土曜日阁下……他和你是什么关系？"

鹌鹑摆摆手："没什么关系。也许算是上下级关系……别说这个了，罗先生。在给你展示卡维尔·雷泽诺夫和莹的相关系统报告之前，我想先介绍一下地下黑市的原则，第一以物易物，第二等价交换，第三现场交货。我想这三个原则很好懂，不知你觉得怎么样？"

罗隐："你的意思是你们不收系统交易点？我原来已经做好了倾家荡产的准备。土曜日阁下没有和我说清楚，只是暗示我港湾区有黑市交易。"

鹌鹑："恐怕你白准备了，罗工。我们怎么可能会收这种容易被追踪的东西？"

罗隐摊开双手："那怎么办？我什么都没有。"

鹌鹑的手指轻轻敲了敲桌子："有的有的，你知道吗？这个世界上最珍贵的就是知识。计算中心下属量化犯罪部计算机工程师，你可以用来交换的远远超乎你的想象。"

罗隐："呵呵，说笑了。拉斐尔·加罗法洛严令禁止在非授权状态下外传知识，这是一级危害系统安全的大罪，我绝对不会冒着这种风险……这种必然性去犯法。"

鹌鹑："那在未经授权的状态下，通过网络、声音、文字、符号等方式获取未被授权的知识的行为，又该如何定罪呢？"

罗隐："按《大陆架共同体刑法》，同样是一级危害系统安全罪，终身监禁并注销虹膜芯片权限，使犯罪者终生不得再接触任何知识。怎么，察觉到自己处在危险边缘了吗？我不知道你是怎么避开拉斐尔·加罗法洛的检测的，但恐怕你也终日担心有一天执法者会找上门来。"

鹌鹑摆摆手："不不不，我从不担心这些……我是在说你，罗隐工程师。"

罗隐的语气越来越不耐烦："你是什么意思？"

鹌鹑："我们需要犯罪学领域的相关知识，希望你能施以援手。以此为前提，我们完成一次圆满的经济学意义上的交易行为。"

罗隐攥起拳头："犯罪学，他妈的这开什么玩笑？……"

计算机工程师的话戛然而止，他眯起眼睛看着鹌鹑，后者双腿跷起向后仰倒，从木桌底板里掏出一份文件。随后黑市的引路人只是笑笑，脸上还是一如既往的谦卑，像是体贴的刽子手对死囚轻轻耳语："拒绝交易是大忌，一旦撕破脸皮，你觉得你能活着走出港湾区吗？"

罗隐一巴掌拍在木桌上，勃然大怒。和他暴起狰狞、似是不怒自威的表情不同，他的心脏像是被一根银针刺穿，浓重的不安透过针孔渗入内心："你以为你是谁？真他妈不把拉斐尔·加罗法洛当回事？"

鹌鹑："别激动，罗工。当心你的犯罪置信度，拍桌子大喊是施行暴力的先兆，我比你更相信系统的执法水准。"

罗隐："威胁，威胁，威胁。我这几十年来见得太多了，同僚的排挤，上司的白眼，工作的重压。我从执法者调控科被下放到中控室，无所事事，拿着以前一半的薪水，没有一句怨言。虽然老无成事，但还是有几分硬气，这点胁迫手段对我没用，这次交易就到这里，我不会对任何人透露有关这里的任何消息，但同样不接受任何妥协。"

鹌鹑扬扬手上的文件，他的笑容意味深长："罗先生，我当然尊重你的人格，这是一次交易，我们都是有契约精神的人。不过我同样知道你所谓的骨气来自何方，也知道你要的东西到底对你有什么意义……看这里，不妨先猜猜这是什么。"

计算机工程师不想再纠缠，站起径直走向门外："无聊的游戏。"

"你要的系统报告。"

意料之内的回答。罗隐似乎能想象到鹌鹑脸上无可奈何的表情，就像港湾区街边叫卖的小商人，费尽心思讨价还价后，还是不得不挽留正要离开的顾客。他脸上挂上了自得的神色，但看到的却是仍然阴笑着的鹌鹑。这时他才反应过来，刚才听到的并非他想要的回答，而是另一个让他瞬间全身发冷的答复。

"你的心理评估报告。"

那几张薄薄的纸还在鹌鹑手上晃动。罗隐凝固一般伫立在原地，面如死灰，他的意志仿佛在顷刻间垮掉。

"告诉我，罗先生。你给他起了个什么名字？我听说是……王钢？"

精神病鉴定报告，系统编码****-****-********

时间：2591/4/15

被鉴定人：罗隐

被鉴定人身份：Sz6 计算中心量化犯罪部电子维修科计算机工程师，曾任执法者调控科计算机工程师

鉴定机构：中心城区第三医院精神科

鉴定内容：精神分裂症诊断

鉴定结果：非器质性精神疾病，严重精神分裂

简要病历：患者罗隐最早于 2580 年被拉斐尔·加罗法洛列入潜在严重精神病患者名单，起因为患者长期在独处状态下自言自语，系统未能将他的唇部动作与任何已知语言系统结合，故将其诊断为轻微癫痫。2587 年 4 月 13 日，罗隐在被系统严重干预后来我院就诊，我院接收该名患者并为其进行脑部 CT 扫描及精神分析（详参医院留存记录），初步诊断为单纯型精神分裂症，疗法以心理疏导为主，辅以药物治疗，不需要留院治疗。

患者离院后进入系统下属"快乐生活"社团，但经常缺席心理健康课堂，因其身份特殊，执法者没有采取强制措施。2589 年，罗隐再次被执法者强制扭送至我院，这次诊断为严重精神分裂，出现第二人格"王钢"。患者虽然表面外向，但内心极度封闭，精神分析师没能获取任何关于第二人格的信息。拉斐尔·加罗法洛对其进行职位调动后（从

执法者调控科调至电子维修科），精神分裂情况得到控制（详参个体 Sz6-00-06-090-02342 监控总体报告）。

诊断依据：《CCMD-7 中国精神障碍分类与诊断标准》（第 7 版）

梦醒了吗，罗工？你该找面镜子看看你的表情的。

中控室、中控室、中控室……我一直都知道的，我一直都知道的，我一直都知道……我坐的地方一直是电子维修科那个小办公室。脏手套、云中港、OPTA、电容屏，还有……

还有机油、烂皮革、电容键盘的味道吗？和你这件格子衫很相衬，中央控制室在电子维修科办公室的上一层，我想你只能经常抱着一罐又一罐的电容液走过去远远望一眼里面的人……别抱着头了，干吗不谈谈王钢的事情呢，谈谈你的老朋友、知己还有密友？说真的，你是我见过的最有意思的人，两只脚跷在那么小的办公室里，幻想自己双臂展开就是中控室，你真的以为中控室会用坏了两个轴的机械键盘吗？旁边还有一个……叫什么……王钢？！

别说了。

其实我想问一下，王钢一直在你身边吗？现在还在吗？从名字上来看他是男的吧，不对，或许是个女的呢？你一直没有结婚不是吗？说来真是好笑，你最后的朋友居然是你的第二人格，他长得和你一样不讨女人喜欢，留了胡子，满脸皱纹，毛孔粗大，肤色暗沉，像条流浪的野狗。

别说了！

拉斐尔·加罗法洛无法确定王钢出现的原因，但我可以。你必然在 2580 年之前在未授权状态下接触过犯罪学，王钢正是你权限之外的知识，犯罪学知识的具象化。你知道自己早就触犯了拉斐尔·加罗法洛的禁区，却又不想承认，或者说你根本不敢想象一个计算机工程师越过权限学习犯罪学。你只是在扭曲你的犯罪事实，王钢就是在这种矛盾心理中产生的，你将曾经学习过犯罪学的事实抽离成独立人格，忘掉拉斐尔·加罗法洛终有一天会把你送进监狱，来逃避惶惶不可终日的痛苦……真是他妈的好办法。

别说了……

你让我想起一句话，罗先生。法律的震慑力来自承担后果的必然性，而非承担后果的严重性。我现在真的觉得这句话十分有道理，必然性、必然性、必然性，模式识别系统建立之初，先驱者们决定使用眼球监控系统的原因便是如此，他们将法律施行的必然性推进到了极致，一个具有无比威慑力的系统就此建立。你看，正义尚未到来，罪人却早已彻底疯狂。你想要系统报告，别以为我不知道你想做什么，你这种自以为是的人我见得太多太多。

我，我！我没想做什么……

别装！你只不过是又一个着魔的渗透者罢了，在有意或无意接触了权限之外的知识后，为了不被系统抓获，反而去研究系统本身运作的规律，寻找虚无缥缈的脱罪方法。越陷越深却未见逃避必然性的蛛丝马迹，最终也不过是饮鸩止渴。你以为系统报告里有给你找到执法漏洞的机会，所以你从来不放过任何救命稻草，而莹诡异的简历和死亡报告则让你看到了真正的希望。

怎么会！我每天晚上都在想办法……我一直都在逃……

别哭！太难看了。

罗隐双手掩面，指甲在脸上划出道道血痕，蓬乱的头发下是混杂着血腥的泪水。在恍惚中他看到倚着门框的王钢，蓝白格子衫和牛仔裤，黑色背包鼓鼓囊囊，一根卷烟在唇边静静燃烧，表情复杂多样，望向他的眼神像是愤怒，又像是怜悯。他的目光越过王钢的身影，看到高大的OPTA执法者机器人扬起手中催吐电击棍。厅堂里高踞的美髯公此刻活了过来，挥舞着青龙偃月刀就要往跪下的罗隐脖子上砍去，关二爷圆瞪双眼，鹦鹉战袍展袖大张，八十二斤大刀虎虎生风，刃口寒光逼人，似有一层血锈，不知曾将多少恶贯满盈之徒斩于刀下，化作厉鬼游魂。

蜷缩在地上的精神分裂患者突然放声哀号，他黏稠的唾液和眼泪一齐滴到地板上，混成一团不分彼此的液体。此刻在他的脑海中，中央控制室和电子维修科办公室的模糊界限已被彻底撕裂，醇香的黑咖啡和劣质红糖水，针织人工羊毛地毯和满是机油污渍的地板，柔软沙发和硬板凳，条纹正装和格子衫，犯罪学家和老式磁带录音，看守所里的王钢和另一个工作人员的脸。这些轮廓被凿得一清二楚，计算机工程师头痛欲裂，疯狂地在地上翻滚，几乎要将自己蓬乱的头发全部扯光。

我一直都在骗自己。救救我，救救我……

"其实你猜得没错。"鹌鹑突然说道，他瘦削的身躯从太师椅上直立而起，居高临下俯视着蓬头垢面的罗隐，"中央系统报告的确给出了模式识别系统鉴别犯罪者的细节，而且详细得可怕。"

眼前的幻影退去，世界回到了原来的颜色，罗隐颤抖着抬头望向黑市引路人，后者正慢条斯理地弄平领口的褶皱。

鹌鹑把椅子的朝向挪向他，又坐下："罗先生，交易还在继续。帮我做一件事，以此为交换，让你永远脱离这个噩梦。"

"能做到吗？……"

"你当然能，优秀的计算机工程师和犯罪学家！电子维修科埋没了你的天赋，但我们慧眼识珠。"

"我是说，让我摆脱拉斐尔·加罗法洛。"罗隐突出的喉结咽了咽口水。

"当然。"鹌鹑在他面前蹲下，他的语气极有说服力，"你看我不就是摆脱了模式识别系统吗？什么虹膜芯片、神经网络、模式识别、核函数、降维法，对我毫无意义。"

"你要我做什么？"男人发出干渴的声音。

"我需要你绕过拉斐尔·加罗法洛的防火墙，使用你计算中心工程师的权限，关掉某个模块控制的执法者机器人。对于一个有能力在系统监控下越权了几十年还安然无恙的老油条，我想这并不困难。"

罗隐忙不迭地点头，让鹌鹑联想到家门口时常路过的哈巴狗，它们等待食物时垂下的口水的形状，和罗隐流下的唾液一模一样。

如果将一个人一生的所有言语比作一本书，那么我垂死的父亲，即使已到提笔结尾之时，依然不肯将书的最后位置留给在床边守候多日的儿子，却对为他换洗盖被的护士保持了最后的风度，"真是谢谢""麻烦了""对不起"，这些挣扎着说出的话，放在我头上多半只会是一次透着浓浓失望的叹息。俗话说，人之将死，其言也善，但他在弥留之际内心依旧冷漠，小时候我眼巴巴趴在床边看他收拾人偶的时候是这样，长大后回家为他带来各种小玩意之时亦是如此。他就那样坐在窗边远眺暮色，夏雨和冬雪年复一年咆哮着掠过，未在他眼中泛起丝毫波澜。

在我出生之前，腹语紧随着盲文被列为黑色学科，严禁进行教学和演出。他在最具有创造力的韶华失去了一切，狼狈地离开赖以生存的行当，拿到一大笔赔偿金后和一个普通女工闪电般地结婚生子，不多时挥霍殆尽，落魄地厮混在赌场酒吧，给人当发牌的荷官，又辗转间沦为洗酒杯的打杂。

"赶尽杀绝。"

　　我的爸爸，最后一名腹语师喃喃着饮下一杯烈酒，破了终生不染酒的行规。他手中的人偶曾在歌功颂德的舞台上口舌生花，如今散落在房间的一角独自腐烂，仿佛那是我们腹语师家族的落幕。但几年后，拉斐尔·加罗法洛终究对我父亲做出了进一步补偿，为他的后代在计算中心开辟一个新的工作席位，执法者调控科的一个普通后端工程师，尽管卑微依旧，但祖宗的灵位前好歹有了香火延续。

　　而他看我的眼神却多年如一，失望，失望，失望，还是失望。他曾坚定地怀疑我存在的理由，"你活着有什么用？饭桶，我还不如生块叉烧。"当年我亦不止一次与他大吵，甚至望向厨房菜刀时犯罪置信度好几次攀升至触碰警报，直到多年后我从火葬场捧回母亲的骨灰，父子两人最后一次彻夜长谈，我才明白他的痛处。他的失望并非我不争气，而是我再也无法传承祖先的技艺，家族千百年的信仰最终断裂在这代人。说完他深深地叹息一声，那声叹息从骨髓传出，愧疚、歉意、悔恨，我听出很多很多。

　　可是这时我已经走得太远太远，再也无法回头。

　　"这……这是什么？！"

　　妈妈的丧礼结束得很快，他为我收拾房间的时候，第一次打开我的抽屉，十多盘音频磁带，那是几年前我捡起他丢掉的人偶在黑市换回来的知识。他戴上耳机倾听片刻后暴怒地抄起空心电线将我的小腿抽得血肉模糊，一如年幼时那样，而这次我没有反抗，一个十五岁的人，已经学会了默默承受。

　　"你……你就不能老老实实……老老实实工作，好好活下去吗，非要搞这些？你都已经在计算中心安稳下来了，就不能安安分分留个念想给我？这些会害死你的！这些会害死你的……"

　　"我不能，爸爸。我只是想，什么时候你能教我腹语？那你可以高兴点吧。"

那晚他呆呆看着我很久很久，突然抱头号啕大哭，老泪纵横，我从未见过这个男人如此伤心。

"是我害了你，是我害了你。"

他的确害了我。年少轻狂的一厢情愿带来的是无尽的痛苦，交换来的磁带录音记载着高深的量化犯罪原理，只让不谙世事的少年更明白了拉斐尔·加罗法洛与先驱者智慧的深不可测。很快我便陷入草木皆兵中，路人的每一个眼神，执法者的每一次路过，无人机的每一阵蜂鸣，都足以让我心惊肉跳。直到十年后的一天夜里，王钢终于悄然而至，长达十年的惊惧也终究平息，当我第一次重新拥抱孩提时的深沉美梦，竟不想从这梦里醒来。

我再也无法分辨虚幻与真实，它们已自欺欺人地融为一体。

但是呀，我在少有的清醒的时候，也会坐在我父亲的椅子上，久久地望着窗外沉思。

我只是想让一门技艺再次光明正大地行走于大地上，以抚慰我老父空洞的内心，可为何最终却成了过街老鼠？

第十五章

与此同时，青藏高原地下海，灰门港，废弃云梯，炼油厂旧址。

和无数次寂寞的雾散雾起一样，建在炼油厂大门外的小灯塔永恒眺望着无边的黑暗，唯有壁顶的光亮星座和港口泊船的点点微光能给予它些许安慰。大海的波浪在此处的滩涂依然平静，这个边缘的灯塔与灰门港口之间的小路亦无比寂静，多年来，这里除了拖着补给板车来往的车夫以外无人问津，直到前几天的不速之客出现，孤独的守钟人才得以有机会分享他的藏酒。

浓雾来临之时灯塔的雾钟便被敲响，或许是因为铜质钟壁上的几个小洞，这个铜钟的音色很奇怪，每次响起都伴有冤魂哀号般的呼声。守钟人卸下钟槌，他每次敲响这钟都不禁寒意顿生。不远处裹着毛毯的渗透工程师却依然冷得浑身发抖，又喝了一大口漏水木杯中的劣质桑黄菇酒，浓稠的酒液灼烧着他的喉咙，不多时就整个人像泡在滚烫的沙子里，任由瘙痒和燥热折磨。

"再喝一口这个。"

面无表情的守钟人再递给他另一杯看上去就十分诡异的液体，

但杜韵难以拒绝食道的干渴，一把夺过灌进嘴里。在地板上像条死狗一样躺了一阵后终于能活动一下自己的手，他笑得很难看。

"哈哈。"守钟人干笑了几声，"这是酒馆的老玩法，高烈酒加冰镇薄荷水，叫作冰火两重天。治你的发烧，这个可是好药方。"

"嗯嗯……我真的不知道该怎么感谢你……"杜韵有气无力地哼哼了两声。

"陪我喝喝酒就行，我这里有很多二十年以上的酒。"守钟人把煤油灯调得亮了些，灯光边一张丑陋狰狞的脸一闪而过。他继续用慢吞吞的语调说道："你的那艘船上也有很多好东西，不过，你先睡，你先睡，等你醒过来我们再喝个痛快。"

"杀了我吧……"肝硬化的渗透工程师嘟嘟囔囔地回应，很快进入了酒醉的睡梦。

梦中的他赤足徜徉在黑色的如镜海面，极目之处唯有一条赤银的海平线，海浪的柔和回音游荡在耳边，仿佛丰腴的美人在珍珠制的温床上哄他入睡。然而当他坠入化作海水的温柔乡，顷刻间便被突如其来的钢铁破碎的声音、烈焰燃起的温度贯穿胸膛，在梦中惊呼一声后猛然醒来。这时他才发现大汗淋漓的自己睡在脏兮兮的床上，一盏亮度微弱的煤油灯挂在床头驱散黑暗。

"你还没睡多久呢。"守钟人的声音传来。

渗透工程师掀开被子从床边坐起，双手掩面："噩梦。"

"梦到什么？"守钟人走来，把一罐散发着奇怪味道的罐头摆在他面前，"说来听听。"

杜韵想摇头，但看到守钟人脸上写满的好奇和渴求，最终选择说了下去："其实没什么，梦到了搁浅的时候而已。"

云雀号的残骸静静躺在灯塔下的防波堤，当时整艘船狠狠撞在岸基上四分五裂，燃起一大片电火花，被甩飞的球形艇舱倒没事，可是杜韵出舱的时候在污染严重的海水里滚了几圈以致浑身难受，如果不是灯塔的守钟人听到声音前来，也许他就会倒在感冒这个横跨千年时间长河的疾病上。情况变成这样，地效翼艇的自动导航系统要负全责，以数据包发出地的坐标为目的地，全速发动的潜水艇朝着精确到秒的经纬坐标前进，姿态规避系统的前向探测器也许在西海的雷暴中彻底损坏，根本没探测出面前坚不可摧的混凝土钢筋岸基，航速60节的云雀号最终以外壳解体的代价给防波堤的水下部分留了一个放射性断裂大坑。

面如死灰的病人被守钟人背回灯塔，灌下一堆烈酒与蕈类煎汁后终于又活了过来。他回头去检查漂到泥滩的球舱的时候发现，脏水从破裂的焊缝涌出，整个控制台泡在了水中，数据包发信地的线索就此断了，找到卡维尔·雷泽诺夫的机会又变得渺茫。

他向守钟人提出了他的想法。

"你想去炼油厂？"守钟人似乎对杜韵的疯狂感到十分惊讶，不敢相信地重新确认了一遍，"翻墙进去那里的人都没有回来过。"

渗透工程师骇然。

守钟人满足于杜韵脸上的惊愕，这时又笑起来，大板牙分得很开："骗你的。炼油厂园区外围有一些拾荒者居住，探险回来的人都觉得无聊，那里没什么特别的。不过……你可以去看看，我一直觉得那里有问题……"

渗透工程师还是找了个时间走出灯塔，婉拒了守钟人送给他的煤油灯，沿着防波堤一路行走就能到达菌菇丛生的炼油厂遗址。据守钟人在几十年里的观察，发现低矮的炼油厂和长长的废弃云梯通道靠得太近，很难不让人产生行苟且之事的想法，但杜韵觉得这只是老流氓的联想，现在想来却貌似有点诡异。如今渗透工程师猫腰躲在高大砖墙的外侧，四处张望确定无人，借着手电光从背包中掏出不成样子的 PDA：云雀号副控制台的核心模组尚未短路损毁，被他拆了下来，插上几条数据线和显示屏能勉强用用。

电磁流量计上不断攀升的数字说明这里存在着隐藏 SSID 的无线网络广播。渗透工程师回忆起云雀号船首的朝向，潜水艇的目标方向一直是数据包的发信地，从防波堤画出一条射线刚好对准炼油厂和云梯的交界，在卡维尔·雷泽诺夫家中搜出的盲文文档也显示此处是犯罪池工程的起源地，守钟人的直觉或许值得相信，炼油厂深处也许存在着惊人的秘密。

肥胖的医生晃晃肚子，又辛苦无比地翻过围墙，落在一堆由沙砾、烂泥和蘑菇组成的混合物中。他一生气就把黏糊糊的衬衫扔掉，光着膀露出白花花的肉，在微弱的手电灯光中摸进炼油厂园区。

园区并不大，相比杜韵曾去过的电磁感应炼钢厂而言算是不相上下，无论是布置、结构还是占地都几乎如出一辙。他路过一块公告板，手电光打上去看到无数的沟壑与凹陷，那全是刀砍和钝器击打的痕迹，手电往下照去，一个看不清楚的日期刻在板上，后面带有一句话：好黑，我要疯了。渗透工程师一时毛骨悚然，转身就走。不出他的意料，他在精馏加工车间中找到了许多被水泥灌浇封住的网线接口，那正是百年前先行者们生活过的痕迹，也许拥有地上记忆的那一代人逐一死去后，这些连接着拉斐尔·加罗法洛的通道也被一一废弃，留下他们的后代直面无边的黑暗与绝望，只有借由大图书馆的藏书才能感受往日的余温。

一番寻找后，他在废弃已久的职工宿舍中的一处床底发现了一个没被封住的接口，渗透工程师小心地把灰尘吹开，接口被厚厚的防氧化涂料保护得非常好，他用手指将硬化的涂层抠烂，把 PDA 的水晶头插了进去。

PDA 的屏幕亮了起来，连接网络的标志出现在任务栏一角。

内网连接完毕。

请输入你的权限账号与登录密码。

检测到 Cookie，Cookie 创建时间：2580/10/15。

使用 Cookie 登录。

登录名：维克多·雷泽诺夫；密码：**************

这个网线接口有问题，渗透工程师皱起眉头。

登录名是一个陌生而熟悉的名字，杜韵拿不准这和卡维尔·雷泽诺夫会有什么关系。他记得鹌鹑发送给他的气象局勘测报告里提到过这个人，四十四年前气象局西海勘测第一小组的领队，紧跟在他后面的就是卡维尔·雷泽诺夫和莹，两个影响了他一生也让他牵挂了一生的人。

他忽然像是想到了什么，仿佛透过影影绰绰的波光看见水下的游鱼，猛然抬头，透过腐朽的铁质窗框望向窗外。伪星星座"双鱼"阿尔法菇群"外屏七"就生长在岩壁云梯的防护壳上，成群的荧光蕈类在黑暗中散发着迷幻的光，这个贯通青藏高原地壳层的大电梯已经在百年的时光中与岩石融为一体，它脚边的炼油厂匍匐于星光之下，亦在慢慢腐烂。

杜韵久久无言，他能听到自己心脏的回音。

这里就是云梯与炼油厂的交界，数据包的发信地，一切故事的起源之处。

灰门港，大图书馆。

庭院里的水井已经看着形容枯槁的老人来回走了好几趟，他是灰门最年长、资历最深厚的守护者，如今忙得像终日劳累的蚂蚁，来自信使的一份份文件让整个大图书馆守护者们焦头烂额。他在一堆堆散落的书籍上跨步走过，雪白的宣纸被他踩出一个墨染的脚印，平日他必然会心痛不已，现在却管不了那么多。

"这是卡维尔·雷泽诺夫最新的位置。"

内室茶雾弥漫，薰香四溢，端坐的信使突然说道，旁人适时呈上纸笔，等待他提笔写下对守护者的指引。

"大长老，你手下的守护者出发前往灯塔了吗？"信使放下毛笔，不动声色地将伪装成耳饰的耳机的音量调小，对推开纸门的老人问道。

"他们已经出发了。"

信使点头："很好。"

老人深深鞠躬："信使大人，恕我直言，灰门守护者人手不足，难以同时执行过多的超限者抹杀行动。在此情况下，我建议先集中力量解决其中一个，我们对卡维尔·雷泽诺夫的追捕已经有所成效，但是现在又要将精力分散到杜韵的身上，恐怕力不从心。"

灰门图书馆在一个月前接收了全力追杀卡维尔·雷泽诺夫的指令，守护者们一开始未当一回事，慢吞吞进行前期调查和暗杀设计，直到十天前信使亲自来临，为他们提供卡维尔·雷泽诺夫的精确位置，但即使如此，守护者们仍无法在灰门港口的人潮中捕捉到他的踪迹，这时他们才发现目标的棘手。如今又突然要求分散一部分守护者的力量到追杀另一个超限者上，大图书馆的守护者已经无力肩托如此重担。

信使小口啜饮着茶水，同样思绪万千。

一个月前，日曜日通过只有中央系统计算中心工作人员才知道的另一处隐蔽电梯抵达地下海，心血来潮来到奥伯丁传递通缉卡维尔·雷泽诺夫的命令，却不知所终，而后被发现死在铁矿区深处。

于是，处在海拔八千米的灰门地面基地指派他暂时和灰门守护者保持联系，直至新一任日曜日被选举出来，并根据日曜日的虹膜芯片信号位置，全程指引守护者们击杀卡维尔·雷泽诺夫。而拉斐尔·加罗法洛在四个小时前突然在灰门港灯塔位置捕捉到杜韵的虹膜芯片信号，对其下达四级通缉令，负责保持中央系统和节点系统通信的灰门地面基地同样忙成一锅粥，一条条指令从头顶六公里外的灰门基地流出，经由贯穿高原地层的光缆来到设置在地下海的大功率无线电台，最后流入他的耳机。在拉斐尔·加罗法洛给出的优先级中，卡维尔·雷泽诺夫排在杜韵之前。但在可行性评估上，追杀杜韵成功的可能性又远远要比卡维尔·雷泽诺夫高。灰门基地经过权衡，最终对守护者下达了优先追杀杜韵的命令。

"只需遵行。"信使开口。

"明白。"老人俯首退下。

和信使一同被灰门地面基地派遣前来地下海的，还有一具直属模式识别系统控制的地下海人形执法者，代号"地狱拉面"。和地上普通的武装 OPTA 人形执法者不同，"地狱拉面"是机器人仿生学的巅峰之作，十五亿个传感器和八万六千个肌肉单元节让它足够完美模仿人类动作。其实在拉斐尔·加罗法洛的历史上它从来未出动过，因为卡维尔·雷泽诺夫红得发黑的威胁度才被授权启动。它目前正在跟随守护者小组前往灯塔追杀杜韵，以它的能力，想必不会拖太久。

但想必也并不简单，根据社会学谱系调查，杜韵和卡维尔·雷泽诺夫有着千丝万缕的关系，如果卡维尔·雷泽诺夫超出了守护者们的能力，那么杜韵也不见得简单。这两个名不见经传的中年男人正在把支配整个世界的系统搅得一塌糊涂，他们的目的到底是什么？

情况越来越有意思了。

垂头侧耳倾听着指令的信使用手指轻轻摩挲竹席，笑了笑。

"我不想再重复我的问题。"

入鞘的古刀悬于腰间，燧发手枪插在大腿上的鲨鱼皮枪袋里，身披灰色大氅的灰门守护者野川龙一揉了揉酸痛的右拳，他的面前是槽牙被打碎的守钟人，牙血从丑陋男人漏风的兔唇间流下，淌过破旧的衬衣，淌过蜷缩的小腿，滴在野川龙一考究的皮靴上。

奄奄一息的守钟人从喉咙里挤出几声干瘪的呜咽，守护者低头倾听："我也不想再重复我的回答。"

"比我想象的硬气。"野川龙一摆摆手，喊来倚在梯边的队友，"药师，你来。"

被称为"药师"的守护者颔首上前，守钟人看到他的黑色能面"瘦男"，想起流传在灰门的怪异传说，不顾一切向后缩去。野川龙一好笑地看他扭曲着被打断的四肢，逃避正在从兜里掏出药剂的守护者。男人的挣扎最终被证明是徒劳无功，注射器针头推入静脉的瞬间，他发出一声野猪般的低吼，随后彻底瘫倒在木椅上，如同被抽去筋脉的蛮牛。

"静脉注射五百毫升百分之五的硫喷妥钠，吐真剂会在三分钟内起效。你到外面去等着，剩下的事我来解决。"

药师的声音带有浑然天成的决断，野川龙一早已经习惯他搭档的冷漠语气，正如药师习惯了野川龙一的暴虐。他走到灯塔的雾钟旁仔细端详了一阵，倍感无聊后沿着破旧的楼梯一路走下。门口眺望着远岸灯塔的是他的另外两个队友，黑暗中一点鹅黄的火光明明灭灭，干枯的烟草味弥漫四方。

"熄了它。"野川龙一伸手夺过"天妇罗"手上烧到一半的烟头，扔在地上。在地下海的黑暗中，火光的标识极其致命，特别是灯塔这个远离大图书馆的地点，往日野川龙一不止一次为此对他破口大骂，但天妇罗的烟瘾屡教不改，野川龙一也无可奈何。

"好的队长，但是下次你不要问我借火。"天妇罗咕囔一声，片刻后便在野川龙一的手劲前投降，眼睁睁看着烟头被踩灭。

"看看我们的新朋友吧，他有说过话吗？"守护者领队望向另外一个全身裹在黑色装甲和长袍里的人，透过对方头戴的能面"夜叉"，野川龙一看到一双闪烁着幽幽蓝光的眼睛，一支擦得铮亮的夏普斯单发后膛来复枪被一丝不苟地斜挎在肩上，火药的味道，黄铜的味道，钢铁的味道，守护者从他身上闻到猛禽的气息，这并非等闲之辈。

天妇罗耸耸肩："似乎是个不爱说话的人。"

"沉默是金。我欣赏这种安静的队友。"野川龙一笑着拍拍对方的肩膀，暗自用力，失望地发现无言的夜叉根本纹丝不动，入手之处如同触碰岩石般坚硬。这个人从他和药师进入灯塔之初，站立于此的姿势就未曾改变，据药师所说，他甚至没有呼吸的波动。

麻烦的家伙！

野川龙一不知道夜叉（三人组决定姑且这样称呼他）被分配来他们小组的原因，这次追杀超限者的任务看起来也普普通通，尽管大长老告诫他小心行事，但对于一个身体素质进入衰竭期的中年男人，野川龙一实在看不出有什么需要特别注意的，是担心肚子被切开时流出的脂肪和肥油弄脏鞋子吗？过往的超限者们便是如此，他们死前还总要尖叫，天妇罗曾抱怨野川龙一的刀不够快，但守护者领队却热衷于此，倾听将死者的悲鸣，算是他一个小小的爱好。

野川龙一还在胡思乱想，没发现已经收拾妥当了的药师在他身后轻轻咳嗽，想引起他的注意。

"怎么样？"

"招了。炼油厂和旧云梯方向，走了大概四个小时。"

"清理干净了吗？"

"致死剂量氯化钾静脉注射，他死得很安静。"

"那我们出发吧。"

四人小组离开防波堤，随后灯塔燃起冲天火光，硫黄浓烈的味道随即被甜腻的海风抹去。港口里的人们得以目睹灯塔的结局：一团炽热的烈焰在黑暗中盛开，钢结构倒塌破碎的声音，即使是远在港口另一边的地方也能听见，船上的水手纷纷驻足喃喃自语，也许那就是太阳的颜色。

遁入黑暗的守护者们将这一切抛在了脑后，他们脱下遮挡身影的披风，露出深黑色的轻甲。胸膛处，守护者箴言"非礼勿视，非礼勿听，非礼勿言，非礼勿动"十六个白色大字在烈烈火光中一闪而逝，唯有钢铁反射出的群星微光昭示着它们的存在。

第十六章

　　小巷里，卡维尔·雷泽诺夫沉默地将菊一文字则宗的刀刃从守护者的喉咙谨慎拔出，擦干净后收入木鞘。他闻到浓重的血腥和淡淡的煤油味，此处应离灰门港灯塔不远，烈焰燃烧的温度和噼啪声透过干涩的空气传来，无眼的行者拿不准出了什么事，不过尚在可以控制的范围内。在奥伯丁码头踏上前往灰门的船只时，社会工程师就做好了面对艰苦卓绝的巷战的准备，但实际上情况要比他想象的乐观，灰门港的街巷仍像四十四年前离开它的时候那样，和他记忆中的图景如出一辙。

　　他耸起左肩，以让植入肩胛骨和锁骨之间的改装的小型生物雷达更好地接收到雷达反射波。密布的砖板墙和岩石极大地阻碍连续波的穿透，理论上改装后的生物雷达可以侦测五公里内的心跳信号，并以骨传导的形式敲出摩斯电码告知目标的相对极坐标，但实际操作只能清晰分辨一百五十米内的心跳。至于更远的地方，要么会因信号消散而模糊不清，要么会和建筑结构的低频自振分辨不开。

　　灰门图书馆守护者保留了幕府忍者的训练方法，习惯在接敌前屏住呼吸稳定重心，却不知道他沉重的心跳脉冲被雷达听得一清二楚，卡维尔·雷泽诺夫不慌不忙绕了一个圈，一刀就将他的喉咙捅穿。剑术大师苏诺不算是个好老师，据守护者本人说，她只接受了四年的系统杀手训练便离开地下海，而卡维尔·雷泽诺夫和她相处的三十一年里无论如何努力仅有她一半的水平，古流和居合，他只学到了居合。用长勺向他比画的苏诺评价他是"拼一枪就跑"的类型，放在古代是最受唾弃的那一类剑客。实用主义的卡维尔·雷泽诺夫不以为然，他一直秉持萨摩示现流的信条，"第一刀绝不犹豫，第二刀绝不斩出"，披散着头发的调酒师为此曾好笑地说他比自己更有东亚人的内敛和深沉，灰色眼睛的斯拉夫人不置可否，但表情颇为受用。

想到已经死去十三年的剑术大师，社会工程师沉默了一阵。他在等待生物雷达的新一轮扫描结果，一片寂静，周围已没有活着的人了。看来刚才只是一场突发的遭遇战，而非他所想象的埋伏。灰门大街上擦身而过的两人，针织披风下左轮手枪轮廓的触感，卡维尔·雷泽诺夫的反应要比守护者快，在对方举枪瞄准他之前就逃入复杂的巷道网络。凭借四十四年前的记忆在羊肠小道中穿梭，社会工程师更胜一筹，在互相追逐中找到了一个在拐角错身而过的机会，逆拔刀，直刺，残心，血振，旋转纳刀，干净利落，毫不拖泥带水。

收鞘的盲人再次拄着杖走向远方，他再次检查了一下日曜日的眼珠是否还在贴身口袋的塑料袋里，准确地说，是日曜日的虹膜芯片。打开通往拉斐尔·加罗法洛中央系统服务器所在地的路需要来自数据主管的权限，这是他进入中央系统核心机房，完成土曜日的交托的唯一机会。

很少有人会知道一个健步如飞的盲人是什么样子，卡维尔·雷泽诺夫大步流星地在灰门港的巷道系统中穿行，借助生物雷达的侦测避开了所有人类。拉斐尔·加罗法洛没有在地下海布置摄像头，社会工程师得以一路狂奔，就像四十四年前那样，沿着在记忆中已经褪色的路线奔跑。

四十四年前，离苏诺离开地下海还有七个星期。2580 年 10 月 15 日，地下海，灰门港，炼油厂遗址，废弃职工宿舍。

维克多·雷泽诺夫抽出水晶头，他从身后的背包中掏出一罐涂料，用笔杆蘸了厚厚一层抹在网线接口上，黏稠的纳米防氧化涂浆很快在空气里干燥，结成固体封住了这个接口。年幼的卡维尔·雷泽诺夫咬着指甲在旁围观，他皮夹克后背上的徽记由云与闪电以及一个大大的数字"1"构成，那是气象局西海勘测第一小组的标志。在西海复杂多变的气象水文环境中将洋流定位不是简单的事，但幸运的是他们做到了，沿着水下咆哮的洋流，勘测潜水艇进入了犯罪池，在生长着成片藻类和海菇的黑色海面浮起。

相控雷达花了三个小时探测到最近的灰门港口，潜望镜显示的浓郁蒸汽时代气息让他们惊讶，惊飞一片蝙蝠后，他们在松软的滩涂小心登陆。随后电磁流量计探测到网络的存在，三人绕过外围拾荒者接近炼油厂，找到了整栋大楼中唯一一个还能使用的有线网络插座。

"这样应该可以保护好接口。"维克多·雷泽诺夫疲惫不堪的脸上终于露出一丝欣慰的神色，"定标数据包发出去了，接下来要做的就是在量子信道中截获它，交给外面的人吧。"

"但是我们不知道拉斐尔·加罗法洛的加密方式，还是没办法解密数据包得知这里的具体位置。"黑暗中一个幽幽的女声响起。

"留给后代解决吧。"维克多·雷泽诺夫站起，摸摸卡维尔·雷泽诺夫毛茸茸的头，"我们的未来都在他们身上。不是吗，莹？"

在卡维尔·雷泽诺夫的记忆中，莹和他的父亲维克多·雷泽诺夫同辈，这时她已经进入发胖的中年，但仍不失年轻时候的风韵。她最令人印象深刻的，就是那双如刀般锋利的漆黑眼睛，每次与她对视，卡维尔·雷泽诺夫都会感到一阵来自灵魂的颤抖，这种畏惧直到她的眼睛被苏诺继承后也没有消失。也正是因为莹的这双眼睛，男孩有时候会想，所谓标志一个人的，也许就是他的眼眸了，"眼睛是心灵的窗户"这句老土的话现在听来也很有道理。

"他还是个孩子。"莹叹气道，她也看着小小的卡维尔·雷泽诺夫。

维克多·雷泽诺夫："事情已经结束。现在跑吧，他们要来了。"

卡维尔抬头，不解地看着他："谁要来了？"

维克多："我不知道。也许是系统的执法者，也许是犯罪池的守护者。"

卡维尔："我不懂。"

维克多侃侃而谈，根本不在意自己的唇语被对方的虹膜芯片捕捉："你不需要懂。刚才发送数据包，用的是我的系统下属账号，拉斐尔·加罗法洛不会傻到连这点异常都鉴别不出来。越权导致的危害系统安全罪，我原本没有调用系统高等级信道的权限，刚才我对自己的账号进行了暂时的欺骗性提权，很快便会被发现。不过还好，数据包混进了数据流里，系统无法在不知道电子标识的情况下定位它。"

莹："那我们就丢下你了吗？"

维克多："是的。莹，你带卡维尔跑回地效翼艇，离开这里，记得让他认路，万一有一天他要回来这里，就派得上用场了。"

莹："我们一起经历了那么多……"

维克多摆摆手打断了她的话，莹从他的眼神中看到很多。看到那双眼里藏着的话，那是他常在三人饭局上说的结束语："老友，离别时最忌讳怀念。"他总是借此打断土曜日酒后絮絮叨叨地回忆往事，莹曾经笑话这两个从少年起便互相陪伴，现在进入青壮年的男人："那都是过去的事情了，还有什么好说的呢？"每当这时，感性的土曜日便会不由分说举起酒杯和维克多·雷泽诺夫的手："莹，维克多，你们是我仅有的知己。尽管我们终有一天都会拥抱我们的命运，但无论结果如何，至少我们在一起过。"

而维克多·雷泽诺夫每当这时亦会认真回应他："老友，离别时最忌讳怀念。"

卡维尔抱了抱维克多·雷泽诺夫："爸爸。"

憔悴的男人强打起精神笑笑："走吧，我的孩子。走到天涯的尽头，走到你再看到阳光的地方。"

现在，灰门港，大图书馆。

身披素白羽织的守护者大长老久久凝望卡维尔·雷泽诺夫的素描像，直至庭院的惊鹿被水滴倾翻。不知是画像栩栩如生还是他记忆力出乎寻常的好，他认出了那双眼睛，铁灰色的双眸，就像在炉中流动的铅。四十四年前的他还是个精力旺盛而强壮无比的守护者，接受来自日曜日大师的紧急命令，孤身一人前往炼油厂，三两下攀上混凝土墙，刀刃出鞘，将那个挺直腰背的男人捅穿。

血液滴落之时，守护者低垂头颅，他们相信，只要躲开垂死者的眼睛，便可避免被厄运缠身的命运。而当年的他不知为何，鬼使神差抬头与扭过头来的维克多·雷泽诺夫对视，那双铁灰色的眼里没有任何感情，所谓的惊慌、震惊、不甘、痛苦，都不曾存在，唯有一片平静的波涛，仿佛群星照耀下的无波湖面。

鬼使神差地，他第一次向刀下的临死之人发问："外乡人，你到底在这里做什么？"

男人直到断气也没有说话。

自那以后，那双眼睛就印在守护者灵魂深处。他的同僚们在一次又一次的行动中一个又一个故去，他几乎遗忘了他们的面容，但仍记得只有一面之缘的维克多·雷泽诺夫。

是那个人的后代吗，还是这就是本人？……

头发已经开始花白的大长老幽幽地叹了口气，挂着佩刀站起。坏性肩周炎和颈椎病变依旧在折磨他，说来奇怪，从那天后他就在一次居酒屋斗殴中被打伤了脊椎，身体状况从此急转直下，现在想来，也许是不听老人言的缘故，那个灰色眼睛的男人的鬼魂在缠着他吧。

积满灰尘的电控门留下一个掌印，杜韵透过蓝色钴玻璃朝里看去，什么也看不到。他所在的炼油厂萃取塔孤零零独立于其他塔设备，和云梯靠得太近，前来检查的杜韵在它的塔底岩基部分看见一个不该存在于地下海的电控门，撬开隐秘布线的电路板外盖，万用电表插在电极上还有示数，说明它还在正常运作，很难相信先驱者们没有抹除掉这个属于地上的科技，让它在几百年的时间里一直消耗不知从何而来的电力。

渗透工程师咬咬牙，在通信网络渗透领域他可能是专家，但嵌入式工控模块渗透不是他的专长，十三年前控制感应电磁炉开启外盖已经是他所能做到的极限。这个电控门看上去是三层深度虹膜锁，他在反编译、伪造电子证书、中间人攻击方面颇有心得，而对涉及指纹、声纹、虹膜等物理化的权限验证方面无能为力。

看起来要止步于此了。

渗透工程师默然拍拍大门，空洞的回声从里面透出，像是一声无奈的叹息。鹌鹑的推断没错，这里或许就是中央系统的所在地，和蒸汽时代只有薄薄一门之隔，却已是永恒难移的天堑。地下海曾有多少探险者在此处折返，不知这里遮挡的是支配整个世界的君王。借着手电筒的光他抬头仰视，门扉上镌刻着太阳神阿波罗神庙的第一句箴言"Know thyself"（认识你自己），旧希腊的学城精神被施行知识管制的模式识别系统奉为戒条，何等讽刺。

在他的一声叹息尚未滚到喉咙时，一声尖锐的啸叫从他耳边擦过，随后是钢铁切割肉体的沉闷声响，血液的腥气突然在他身后绽开。像是突然断开的 Wi-Fi，他的心脏几乎为之停跳，片刻后意识到那并不是自己的血，躯体沉重倒地的声音、脚小心试探松软土地的声音、刀与骨头轻碰的响声接连传进他的耳朵。他没有任何心理准备，甚至在未转身之时，身后的所有搏斗就已经化作无声。

一根烟头坠落，若有若无的香烟味。

"别动，我看不见东西。"

渗透工程师来不及惊讶，来人就已经将冰凉的刀锋紧贴在他锁骨的位置，他的汗水滴落在刀背上，微弱的手电光映出刃文复杂的纹路。

"你没死的唯一原因是我听出了你的呼吸声。说话，让我听到你的声音！"

"妈的。卡维尔·雷泽诺夫……"杜韵喃喃说道，他不费任何力气认出了卡维尔·雷泽诺夫特有的冰凉嗓音。

颈边的利刃被撤下，刀刃和木鞘摩擦的声音，一声锷合，示意刀已入鞘。渗透工程师转过身，看着社会工程师，这个眼睛蒙着厚厚绒布的男人嘴角带有一抹诡异的微笑，一如多年前杜韵向他询问在执法者手下脱逃的方法时，浮现在他唇边的轻蔑和神秘。

"杜韵，你果然发现了那份文件。"卡维尔·雷泽诺夫说道，"欢迎来到犯罪池，老朋友！"

杜韵久久无言。他想问的太多，如今都堵塞在气管，不知该说什么。

直到尘封的大门被打开，就像锈蚀已久的干枯水管滴落的汩汩清水，小型电机重启的轻微声响在黑暗与寂静中竟声如雷鸣。无眼的卡维尔·雷泽诺夫回过身，小心将日曜日的眼球埋在脚下的松软土地。大门后的梯级阴森如斯，杜韵只觉得自己站在地狱之门前，抬头看去，古希腊人的训诫已经在纯黑的帷幕中消失，取而代之的，是刻在多立克柱上的第二句箴言——Nothing in excess（适可而止）。

第十七章

"深层体表伤，整个喉咙都被割断。最锋利的流线刃刀口，但又有平造刃的钝击痕迹，杀掉天妇罗的武器看上去像曾经被重新磨刃，但又没翻新完全。至于手法，天妇罗本人的实力你我都知道，能一刀解决他的人，不是我能看出来的。"

药师拍拍手，从血已经流干了的天妇罗旁站起。检查队友的尸身时，守护者的语调依旧平静，面具甚至未歪斜半分。他把手上的血迹揩在风衣的下摆，望向陷入深思的守护者领队，并将余光留给他们沉默的新队友。

"无论是谁干的，我都要宰了这家伙……"

在已显暗淡的火折子光亮中，野川龙一观察着血迹飞溅的方向，整齐划一。典型的喷溅型血迹形态，来自颈动脉断裂后的喷溅性大出血。药师所说没错，天妇罗真的是被一刀毙命，毫无反抗的机会。他们在炼油厂的搜索中相隔并不远，身经百战的守护者不可能没有呼叫支援的觉悟，唯一的解释是偷袭。谈到刺杀与速度的艺术，必然提起奥伯丁守护者家族，其鬼魅般的拔刀术，灰门守护者一直有所耳闻，在流传于各个港口的传闻里，将其添油加醋为"穿行在影子里，唯有亮光才能逼退的鬼影""没有实体的猎喉人"，虽然在水手们的口中他们是滋生在黑暗的冷血恶魔和无情杀手，所有描述也语焉不详，但是野川龙一知道，那是他们的同行。

守护者领队的推断已经无限接近真相。守护者苏诺亲手调教的剑术师卡维尔·雷泽诺夫在进入开阔的炼油厂后，生物雷达发现了炼油厂中的杜韵和天妇罗两人，守护者在接近杜韵即将动手时被黄雀在后的卡维尔·雷泽诺夫杀死，就像飘荡在空中的纸人，毫无防备地被神速出手的菊一文字则宗精准斩断喉咙。如果不是他认出了杜韵的呼吸声，这里的尸体就会是两具。

野川龙一微微眯起眼睛。守护者横行在地下海未曾遇到敌手，代代相传、秘而不宣的系统专业训练方法绝非自学成才能相比。不同港口的守护者们至死不相见，唯有传递命令的信使往来于风帆之间，尽管他不相信这会是一场血腥内战的预兆，但此刻也未免有些许动摇。

出乎他的意料，一路上没有任何表示的夜叉此刻抬起手，指向尸身不远处紧紧关闭的电控门，那是药师和野川龙一都颇有默契地忽略掉的地方，绝不仅仅是因为从来没有人能撬开这扇门。守护者们从图书馆的书籍中窥见过地上科技的蛛丝马迹，深深敬畏之余，他们唯一的一丝好奇被箴言"非礼勿动"抹去，如今绝不敢越雷池一步。

两个守护者不知该为队友的主动而惊喜还是该为过界的建议而苦恼。夜叉静候片刻，在两个队友看来像是低头沉思，而实际上，合金身躯包裹着的超短波快速跳频发信器向中央系统机房发出信号，拉斐尔·加罗法洛通过无线专用信道很快回应了它发出的请求。

大门突然在一声机械运作的声响中打开，两扇合金优雅向两侧滑动。

野川龙一和药师眼神复杂，对新世界的好奇、对未知的畏惧、对选择的犹豫、对守护者天职的责任感交织在能面背后的双眸中。

"队长。"

药师的声音传来，野川龙一回头，映入眼帘的是一根尚未熄灭的烟头，即使浸透鲜血，仍能看出残留的些许火花。

"他们还没走远。要上吗？"

野川龙一长长出了一口气，抚平心脏的跃动，他们都缺少一个理由说服自己，此时终于可以一锤定音了。

"追吧。"他的语气坚定不移，如同坠入湖中的巨石。

灰门港地下一百米，中央系统十三号核心机房。

白色烟雾在无数服务器之间腾空而起，在空中幻化无数形状。浸润在久违的烟草时光中的卡维尔·雷泽诺夫像往常一样轻轻抬头，在禁烟标志下掸落烟灰，丝毫不顾忌正在全速运作的拉斐尔·加罗法洛核心机组，如果他还能看到烟雾和无数管线混杂在一起的梦幻场景，必会抄起纸笔，表演他徒手解纳维—斯托克斯方程的好本事。

木杖在钛与铝铸就的地板上敲出干哑的音符，卡维尔·雷泽诺夫在第一百二十七个高大的量子计算机伺服器前停下，杖刀轻顿，画下最后一个休止符。

"帮我看一下，这台服务器的编号是不是 127？"

杜韵低头将手电凑向他手指的位置，合金铭牌"127 号服务机组"，液氮流动的声音从机壳里透出，像是大海的波涛声。

"没错。"渗透工程师起身，"这是什么？传说中的核心系统，拉斐尔·加罗法洛的心脏？"

"稍有偏差，这里是次级储存机组。储存重要视觉监控视频及 metadata，核心处理伺服器机房还要走更深更深。"

他的语气带有一丝缥缈和漠然。黑暗中，唯有机体的蓝色 LED 微光勾勒出社会工程师的轮廓，卡维尔·雷泽诺夫站姿依然笔挺，他从衣袋中掏出一个移动硬盘。

"这是一串指令，十五个可执行文件，填充式寄生型文件传染病毒，能够攻破拉斐尔·加罗法洛监控视频储存模块的 shell，强行增删文件，是先代渗透工程师的伟大作品。我们所有行动的依托是一个简单的核心权限漏洞，我们为之付出所有，两代人的泪水、鲜血、生命还有以百年计的时光，如今一切都将在十五个小时内结束。"

"权限漏洞。"渗透工程师的心重重跳了一下，最致命的社会学漏洞，不同于其他程序性漏洞，它们也许会导致某个模块的崩溃，也许会导致某次执法行动的失败，也许会拖慢整个系统的运算速度，但权限漏洞不同于此，它能让人类直接拥有反身控制拉斐尔·加罗法洛的潜在可能性。正如人们无法拒绝法律的程序正义，系统也无法拒绝权限的程序正义，所谓阿喀琉斯之踵正是如此。

卡维尔·雷泽诺夫将服务器外板盖撬下，杜韵为他将移动硬盘的接线插到一个空缺的接口上。硬盘的指示灯亮起，如同划破黑暗的金色曳光弹，带有阵阵灼热的呼声，象征着战争的降临。

盲眼的男人摊开双手："我知道你想问的很多。但让我先讲个故事，再对你提出一个请求。"

杜韵从裤兜里掏出最后一根烟，放在社会工程师的手上，并把打火机送到他嘴边："说吧，我在。"

"四十四年前，也就是 2580 年，西海大型勘测启动，一百二十四名气象局外勤工作人员被外派到西海勘测水文环境，这是核战后第一次对西南海域的高精度勘测。以往的 GIS 系统依然基于战前的国家大地平面控制网，吃着中国地质科学院和测绘局留下的老本，用着严重过时的测绘数据，直接导致沿海船队出了大陆架就要走偏的尴尬局面。

"我的父亲，维克多·雷泽诺夫，节点系统下属气象局气象勘测办公室主任，还有另一位水文勘测办公室主任参与了这次远征。一切看起来都是官方程序，没人知道 Sz6 计算中心数据主管批准这次勘测的真正原因——找到犯罪池的物理位置。数据主管'星期六'和我父亲是多年至交，尽管我从未见过他……别惊讶，我也不知道前因后果，也许那会是另一个故事了。

"星期六阁下下令采用人工携带设备一线勘测，出动海事局的地效翼艇队，没有采用任何无人遥感科技，当时对外的宣传口径，一是空基平台的水下探测依然无法达到所需精度，二是西海复杂的雷暴环境对设备有着极大干扰，三是给战后才出现的西海放置海底地震检波器、更新 OBN（ocean bottom node，海底节点）网络。而第四个理由只有我们知道，星期六阁下从过往的西海海文报告中推测犯罪池通过洋流与外界连接，我们要借此进入犯罪池。

"我们成功了。在海底漂浮半个月后上浮，很幸运地发现了灰门，尽管我们之前已经接触到有关犯罪池的绝密报告，但真正直面它的时候依然无比震惊。蒸汽时代，真正的蒸汽时代，尚且带着血腥与野蛮，我亲眼见证铁矿矿主鞭打工人，就像早已消失的奴隶制；也见证海上的战争，被迫蒙住双眼跳入海中成为鲨鱼饵食的俘虏；还有地下海的守护者们，他们以传说和鬼怪故事的形式存在于船员的交谈中，从未露出水面。在那里，我们小心谨慎地伪装，直到我们检测到炼油厂的未知信号，前往检查时发现对外信道的存在，构造了一个数据包发送至外界，我们的网络工程师截获了它，但无法破解拉斐尔·加罗法洛对它的加密，我们需要一个渗透领域的专家，这就是你我故事的开始。"

四十四年前，维克多·雷泽诺夫发出数据包后十五分钟，离苏诺离开地下海还有七星期。2580 年 10 月 15 日，青藏高原，旧唐古拉山脉。

远望咆哮在山巅的白色云团，包裹着白色光学伪装衣的男孩摘下右眼的微型射电六分仪，借昏暗天光裸眼凝视黄金云晕，评估着此处的信号云衰率。盖革计数器的报警音已经响了很久，刀锋般锋利的疾风刮起他的防寒斗篷后摆，网络工程师打开远红外探测仪，一滴汗水从他鼻尖滴到示波屏幕上，他很快脱下手套将它擦去。

核战后气象局的调查显示，核冬天导致水汽、臭氧、二氧化碳环境大幅度改变，大气留下的波段窗口区已经往远红外波段平移了一大段距离，拉斐尔·加罗法洛高级节点间的轻量级通信通过远红外波段进行，它所使用的频率正是与远红外对应的超低频，这种高保真、隐蔽性极强的通信保证了信道的高度保密，量子通信的编码方式会令所有窃听者知难而返。有史以来，中央加密信道从未被任何图谋不轨的渗透者染指。

但神话将在今天落幕，绝密信道、反窃听机制甚至执法者都未能阻挡网络工程师的脚步，所向披靡的社会工程学攻击最终为他们撬开大门，他正在等待同僚维克多·雷泽诺夫返回的数据包，如同静坐池边垂钓的渔夫等待远红外探测仪为他钓上水中游弋的大鱼。

手机收到信息的振动惊醒了出神的男孩，他从衣兜掏出印在盲卡上的密码表，读出明文。

星期六：最新的系统日志消息，拉斐尔·加罗法洛发现节点信道被窃听了。

面容尚显青涩的男孩无所谓地笑笑，手指在手机上跳跃，很快做出回应。

鹌鹑：放心，执法者无法识别我。

星期六：我明白。但是它可能会关闭信道，禁止所有通信。

鹌鹑：星期六阁下，数据包已截获。

水坑中的草鱼最终咬上了钩，维克多·雷泽诺夫传出的数据包被远红外探测仪精准截获，不带任何迟疑和犹豫，纷杂的乱码铺满整个屏幕。这正是经拉斐尔·加罗法洛加密后的信息，一个小小的数据包，携带着他们所有人的夙愿。男孩深深地吸了一口气，任务已经完成，接下来便是分析解密它的寂寞时光，也许要花上一两年，也许以十年记、以三十年记、以五十年记，更也许，是一生。

唐古拉山脉的风依旧凛冽，年少的鹌鹑伸出手遮住薄暮，万古的哀愁在云下掠过，云海之上即是深邃的苍穹，那是烈日的所在，再强壮的雄鹰也无法触及的彼岸。

"在过往的推测里，中央系统和犯罪池不在同一处，先代渗透者们认为犯罪池处于核辐射区深处，而整个中央系统机组处于高层大气，像旧时代的卫星一样同步于地球，为此他们还根据六大节点的位置，做了大量运算得出最优拓扑点，以求中央系统的确切位置。但事实证明并非如此，核冬天厚云层的云衰和复杂空间电磁环境会令通信出现问题，中央系统不可能设立在外太空，那么只剩下一个答案：地下。从黑市流传的'历史'中，我们发现旧时代有许多将核心机组设立在地下以避免核打击的例子，高层大气太容易被核爆产生的电磁脉冲甚至宇宙射线、太阳风暴影响。

"答案呼之欲出，差分机运行三十年后，从犯罪池流出的数据包被解开，它所描绘的信道证明了中央系统处于当年我们进入的地下海，甚至就处于我们上浮的灰门港。于是我做了三年的准备，四个月前离开南海大陆架城艰难跋涉到青藏高原，被灰门地面基地抓获并进入犯罪池……灰门地面基地其实是青藏高原的一个信号放大站和中转站，里面的工作人员隶属于中央系统，他们极保密之能事，将基地的存在从地图上抹去……不过这并不重要。然后我从灰门港口去往另外一个叫奥伯丁的港口，干了点事情，杀了一些人，又跑了回来，直到现在和你相遇，这就是所有的故事。

"你问我的眼睛？……噢，这并不在这个故事所要讲述的范围里。守护者们来了，你走吧。现在我请求你，往更深处走，拿着这个无线电接收器和我保持通信，我会告诉你通往核心伺服器的道路。让一个人和一把刀在这里静一静，如果最后能活下来的话，我会考虑向你说明的。"

"还记得回去的路吗？"

野川龙一从未想到灰门港的地下是一个如此复杂的迷宫，每一条通道都蔓延向看不到的远方，缩成一个点。他已经在墙缝透出的微光中挣扎着摸索了整整一个小时，为了保护视力不得不时不时闭上眼睛，脚下传来的触感似乎是坚硬的钢铁又像是莲花海上的浮萍。小腿的酸痛和乏力愈加强烈，如果遇到目标，轻轻喘着气的他不知道自己还有没有力气拔出后背的打刀迎敌。

"不记得。"药师平静的声音从身后、左边、右边同时传来，这时他才发现自己几乎丧失了空间感。药师想来也并不好受，野川龙一从他的话中听出了强烈的呕吐感，以及一丝伪装得极好的极端烦躁。疲劳和困乏并没有击败训练有素的守护者，无边的黑暗才是折磨他们的元凶。

夜叉富有节律的脚步声从未停止，两个队友一直跟随着他走入迷宫的深处，此时野川龙一的嘴角不由得翘起一丝讽刺的笑容，走入那个诡异的大门之前，守护者领队满脑子想着过往接受的步迹追踪和审讯训练，如今自己先要迷路在此处，看起来像是个蹩脚的笑话。

每走一步，野川龙一心中的疑惑就多一分。夜叉的轻车熟路让他感到毛骨悚然，他到底是谁？灰门守护者一共不过五十人，和灰门港三十五万的人口相比不值一提，他们互相熟悉，但从未有守护者拥有"夜叉"这个能面。他究竟是怎么打开那个从来没人能打开过的门的？又是为什么对这里这么熟悉？野川龙一对默不作声的队友的容忍已经到了极限，如今正酝酿着一次推心置腹的谈话。

他拍拍药师的肩膀，拉过他的手，手指在他的手心做出几个手势，灰门守护者们内部的战术交流手势。野川龙一给出了"进行审讯"的指令，目标是谁不言自明，药师了然地"嗯"了一声作为回应。

"我们还要走多久？"

药师说完这句话拉住夜叉，后者停步驻足，像是正要说点什么。随后黑暗中明亮的火光亮起，那是守护者领队口袋里的最后一个火折子。药师拉下兜帽后突然一个标准的摆拳敲在夜叉的脸上，下肢蹬地、腰肌扭曲、大臂舒张，同时发力，在一声松透的声响中直接打碎了狰狞诡异的能面，抓住夜叉后仰的瞬间，裸绞术接踵而来，环绕喉咙的右手与扣住头颅的左手形成十字，将夜叉的气管与颈动脉紧紧控制住。

"非礼勿视，非礼勿听，非礼勿言，非礼勿动。"

野川龙一的声音仿佛从虚空中传来，带有狱卒的倨傲，如同手持烧红的烙铁对着被吊起的囚犯宣告判决。引用守护者古训为开头，铿锵有力的十六字戒条，以排山倒海般的厚重气势扑面而来。随后开门见山直奔主题，不容置疑的命令暴喝而出，让暴露在强光下的被审讯者应接不暇："灰门守护者序列中没有能面'夜叉'的存在，说出你所在的行动组别！"

他接下来的话马上被掐断，遮挡面容的能面碎裂后，夜叉只有幽蓝双眼的脸出现在野川龙一面前。在火折子的照明下，头部镜面抛光装甲倒映出一枚明丽的太阳，反而刺痛了守护者领队的双眼。药师不清楚野川龙一为什么呆滞在原地，他只感应到夜叉的轻微挣扎，忙将手中的头颅往前送，以期能压制住这个近两米的高大男人。

可是他的算盘打空了，合金质地的喉咙根本无惧任何绞杀。执法者机器人"地狱拉面"在短暂的环境评估后将两名守护者认定为最高威胁等级的故意攻击者，野川龙一和药师的虹膜芯片被列入黑名单，此刻执法者被判定享有无限防卫权。任务优先级调整，按"时代鸿沟"原则抹杀目击者，系统的命令将成为故意杀人罪的违法阻却事由，它被授权启用一切方案解决问题。

药师最终未能等到夜叉的回答，他只能感觉到整个身躯被巨大的力量撞飞，如同被重锤敲击，夜叉向后的肘撞直接击碎了他的肋骨，电液压伺服系统轻而易举砸瘪了守护者的胸膛，像是羊角锤下的松果。他撞在墙上又颓然滑下，破碎的骨条刺破了右肺，守护者发不出一声呻吟，粉碎性骨折和大面积内出血带来的剧痛让他瞬间休克。口袋里的所有玻璃瓶轰然碎裂，无色无味的药水混杂着鲜红色的血液流淌在光滑的地板上。

夜叉的双眼闪烁着黄色的幽光，系统下属的执法者进入攻击状态。后背的来复枪游动到它的双手间，对准右手已经放在刀柄上的剑术师。

"你到底是什么东西？……"

野川龙一无暇顾及他的队友，无面的恶鬼就活生生站在他面前。无数鬼怪的传说从脑海中涌出，守护者鸟肌战栗，血气翻涌，唯有手中剑刃给予他勇气，在钢铁与刀鞘的摩擦声中，一抹银光裹挟着疾风与奔雷掠过，然后随着燃尽的火折子隐没在漆黑中。

南海大陆架城，港湾区。

土曜日：根据中央系统日志，捕捉到中央执法者进入攻击形态，代号"地狱拉面"，直属中央系统，模块号PCA-007-009-827。隐藏密钥组会在三十秒后传输完毕，情况紧急，该是你们动手的时候了。

鹡鸰从显示屏上看到这个信息，沉默不语。罗隐佝偻在电脑显示屏前，手还在不断地抖，他不知道这是什么意思。黑市引路人家中的地下室有连接着计算中心内网的端口，而且这台电脑的权限还不低，他登录系统后凭借后端工程师的身份进行了非法修改，使自己的权限暂时和土曜日持平，绕过防火墙后他根据模块号找到了锚点，等待一份迟来的密钥。罗隐拿不准模式识别系统需要多久才能扫描出这种异常操作，只知道自己的心跳像是一只疯狂鸣叫的渡鸦，扑腾辗转在枯瘦的老树上。

"看屏幕。"环臂而立，鹡鸰看了一眼传输就位的系统日志。

罗隐打开文件，把大小只有十几个KB的符号串拷贝出来，目光躲闪地看了一眼身后的鹡鸰："然后我该怎么做？"

"关掉这个模块的所有服务。一次性，现在。"

罗隐犹豫地解释说："这很难。关闭中央核心的模块没那么简单……"

"好了。"鹁鸪打断他的话，"'没那么简单'，不要跟我玩这种语言游戏，提权完成后关掉它不过是打几行代码的事情，别以为能骗过我。"

罗隐噤若寒蝉。他在命令行里快速打出关闭的指令，鹁鸪的判断还是错了，关闭模块服务不过需要一行短短的代码，用游标卡尺凑在屏幕上去量也许只有十来厘米，尚不及南海大陆架城男人的平均长度。计算机工程师手指悬停在键盘的 Enter 键上，眼神飘忽不定，嘴唇张张合合。曾经的网络工程师轻蔑地笑笑："你以为现在还能回头？"话音未落便摁着他的手指按下发送，清脆的机械轴响，一个油亮的指纹印在了同样脏兮兮的键帽上。

这条总共用时不到五秒写出来的指令沿着光纤爬向 Sz6 节点，通过权限检测后进入中央信道，灰门地面基地的天线接收指令，小波变换、正则表达式分析完成，这个命令最终通过岩层光纤发送到中央系统核心伺服器机组。杜韵正在一步一步接近此处，步履蹒跚，因为静脉曲张的老毛病；卡维尔·雷泽诺夫在十三号机房中等待病毒感染的结果，如同弓身的眼镜王蛇，菊一文字则宗在他手中随时准备出鞘；野川龙一和夜叉在一百五十米外的通道追逐和厮杀，药师早已断气，死在无人能知的黑暗里。千里之外的港湾区，面无表情的鹁鸪与瑟瑟发抖的罗隐，计算机工程师的冷汗浸透脊背，黑市引路人背后的手里紧握一把袖珍手枪；高耸入云的计算中心，数据主管正身披正装，别在胸襟的黑蔷薇勋章闪闪发亮。

如果百年之后，人们终究能将世界的巨变追根溯源，那么此刻便会是起点。命运的所有棋子已经齐聚在象牙雕成的棋盘上，不言不语，等待着姗姗来迟的棋手铺下最后的绝杀。

结局负三

拉斐尔·加罗法洛动态高频加密信道，七曜日会议聊天频道。
权限：顶级权限。日曜日投票现场。

火曜日：我的致辞说完了，轮到最后一位。

月曜日：土曜日，大家对某些东西早已心照不宣。但
希望你明白一点，谨慎行事！你身上肩负着我们所有人的未
来，从这一刻开始，世界的命运就已经在你手中，你可以悬
崖勒马，也可以一路往前，一切都取决于你的内心。在我
们七人相识的四十年里，你已经证明了你一贯的深思熟虑和
睿智远见，你卓越的能力和行动力让我们所有人印象深刻，
我毫不怀疑你能带给这个世界不一样的未来。

< 西伯利亚北极大陆架城 Sz1 节点数据主管，代号月曜日投票
完毕 >

< 现投票进度：月曜日（0/6），火曜日（0/6），水曜日（0/6），

金曜日（0/6），木曜日（0/6），土曜日（6/6）>

    < 日曜日投票完成 >

    火曜日：这样一来，工作就算完成了。无论将来的命运如何，各位只管迎接她的怀抱吧。

    水曜日：加油吧，土曜日。我这个人比较随便，反正不想当日曜日，也不想改变现状，但是目前的情况的确越来越糟糕，我们作为数据主管，的确要为各自大陆架城的居民们负起责任。

    金曜日：波斯湾的情况也不甚乐观，尽管未来尚不明朗，但我们的确需要一次豪赌。

    木曜日：土曜日，你到底能做到哪一步呢？这只是一个开始，先驱者们的冥冥之灵亦在天上注视着你，夜空中的群星就是他们的眼睛，聚光灯已经打开，是时候登上舞台了。

    土曜日：好了，我的老朋友们。将来也许会有牺牲，会有流泪，会有鲜血，但我们终究是踏出了这一步，"史书已被翻开，英雄们，今夜让我们举杯痛饮"。

    月曜日：愿历史铭记你。

    火曜日：愿历史铭记你。

    水曜日：愿历史铭记你。

    金曜日：愿历史铭记你。

    木曜日：愿历史铭记你。

    夜色已散，破晓的黎明酝酿于云与山的彼端，将出之日勾勒出稀薄的云层，挺立的土曜日在雾中的飞艇港口远望日出，手握一个镀金不锈钢酒壶，烈酒摇晃在他的唇齿间，斗牛犬一般的面容为之露出陶醉的神色。在他面前，风云摇荡的背后是钢铁构成的巨兽，破开云层的垂直起降运输机缓缓和港口接驳，圆弧抛光镜面的全金属外壳打开时，艇舱内空气干燥剂的味道扑面而来，三架无人机飞出，盘旋在 Sz6 节点数据主管身边。

无人运输机"三文鱼寿司"，直属拉斐尔·加罗法洛中央系统应急处理模块控制，只会在最特殊的情况下出航，航线只有一条，从无人能知的中央系统所在地直达各大陆架节点系统，接走新任日曜日。

蜂鸣的无人机正在进行最后一道工序，扫描虹膜芯片。按相关管理办法，当日曜日通过非世袭手段产生时，必须对其进行全方位的扫描，七曜日内部通称"政治审核"，即拉斐尔·加罗法洛将会从土曜日植入虹膜芯片，产生第一段监控视频的瞬间开始对他的整个生涯重新进行严格的犯罪识别，并对所有和他有社会学关系的人同样进行一次以一生为尺度的扫描。

土曜日再喝了一口壶中的伏特加，几十年前月曜日送给他的老酒依然猛烈，浅浅一口就足以让他溺死在烈火焚身般的触感中。数据主管遥望天涯彼端，冷风吹拂，让他想起白令海的寒风，带有北极圈的味道，边陲渔民的电气钢叉，殷红的海豹鲜血，还有维克多·雷泽诺夫铁灰色的眼睛，他的寡言少语和冰冷的西伯利亚如出一辙。自四十四年前西海一别两人不再相见，如今想起不禁唏嘘一场。

无人机的鸣叫打断了他的回想，三次长鸣，如同礼炮奏响。拉斐尔·加罗法洛七大系统在刚才的十五分钟内中断一切形式的服务，包括电气交通暖通调度、金融交易系统监控、执法者控制、高级系统数据交互以及处理中央指令，集中了所有的计算能力进行这次犯罪识别扫描。结果显示，土曜日的记录清清白白，履历明晰。

"三文鱼寿司"机身的绿灯随后亮起，无人机飞回机舱停驻，登机口舷梯缓缓放下，靠近地面时扬起沉重的风声。这表明他已经通过了最后一道审核。

永别了，我的老战友，维克多·雷泽诺夫。在我垂老之时，你我的夙愿终于得以圆满，愿你的魂灵最终得以安息。

干枯的男人登上细长狭窄的舷梯。

一声低沉的吼叫，电火花发动系统在火焰筒中点燃被涡流器分散的高效液体燃料，垂直起降系统的涡轮扇发动机随之鸣动。机体扇翼大张，如候鸟惊飞，寿司一般体型的无人运输机在云中港口悬浮而起，环形燃烧室喷出的尾焰在日光下划出长长的蓝色荧光，如同划过天际的彗星。

"啊……我比这阿尔卑斯山还要高。"

抑扬顿挫的语调，带有能剧师特有的戏剧感，坐在窗边的数据主管很满意其中的韵律，就像古旧隽永的俳句，永远耐人寻味。引擎的轰鸣声犹在耳边，运输机升空没入云层，土曜日轻轻敲着镀金的酒壶，发出空荡的回音，说来可笑，他无数次想象自己成为日曜日的一刻将会何等兴奋和战栗，现在却只想和着还没过去的酒劲再抽根卷烟。

青藏高原地下海，灰门港地下一百米，十三号中央核心机房。

喇叭嘀嘀嘀的提示音响起，卡维尔·雷泽诺夫的手摸索到移动硬盘的位置，把它从储存服务器上拔下。任务已经完成，他的表情显得怅然若失，有句话说"眼睛是心灵的窗户"，此刻他的内心也像他的眼睛一般，空无一物。星期六的交托已经全部完成，蒙眼男人只有种射精一般的快感，然后便是淡淡的空虚。

时间已经过去多久了？盲人的时间感很差，只知道过了很久很久，也许半个小时，也许三个小时。他倚着和地面焊接在一起的合金机壳坐下，就像三十年来坐在差分机旁一样，可惜这里没有蒸汽的温暖味道，也已经没有了那个女人淡淡的芬芳。

无线电里传来杜韵的声音："卡维尔，我找到你说的机房了。"

卡维尔·雷泽诺夫精神一振："机房铭牌号码是多少？"

"一号。"

"再看清楚点。"

"天啊……是负一号。"

"那就对了，核心伺服器机房。你能把它打开吗？"

"这扇门是工控构件，直接由电路板控制，我没有渗透嵌入式系统的能力。"

"推开它。"

"怎么可能推开……它真的开了，这是怎么做到的？"

"整个世界的电气系统现在已经离开了拉斐尔·加罗法洛的调度，离线状态的指纹锁被设置成自动放开。抓住机会进去吧，你只有几分钟的时间发呆和感叹。"

"不，我不想进去。"

"渗透工程师，世界的支配者就在那道门的背后，你也许是这个时代最后一个目睹这个君王仪容的人。"

"不，卡维尔。与之相比，我更想知道真相，我不知道以后还有没有机会问出这些问题，你们到底是谁？你到底在这里做什么？又到底是为了什么？"

"我会告诉你的。但是我要求，不，我请求你进去听，然后再答应我最后的请求。"

"你说。"

"毁灭拉斐尔·加罗法洛。"

灰门港湾地下一百米，一百五十米外，通道网络。

夜叉纹丝不动，子弹出膛的后坐力不值一提，来复枪枪管冒出轻烟。野川龙一的整个右肩连带黑色轻甲被半金属被甲弹直接打碎，野兽般的喘息，血肉和硝烟的焦臭，出鞘的武士刀掉落地上的声音低沉瘆人，仿佛回荡在灰门雾空的铜钟回响。

执法者缓慢地从口袋里掏出下一发子弹，开始笨拙地装弹。看来工业文明的伟大结晶在细节动作的处理上也无法接近真正的人类，即使它在走路、攀爬、举枪等大动作上完全可以以假乱真，辅助光学瞄具和红外线捕捉能让它拥有神枪手日曜日的素质，但却无法做到精细的操作。这枚子弹原来是专门留给渗透工程师杜韵的，没想到先对准了野川龙一，可惜守护者领队的拔刀术慢了一线，没能彻底拨开枪杆。

开花的半金属弹头在他的肩胛骨里转了半个圈又钻出皮肉，高速旋转的子弹扭碎肩胛动脉网，野川龙一在剧痛中半跪在地，竭力站定，鲜血像河流一样涌出。执法者装弹完毕，来复枪的枪管顶在他昂起的脑袋上。深深呼吸，火药硝烟伴杂着彼岸花的幽幽芬芳倒灌入喉，他对自己的结果已经心知肚明，尽管还有很多疑惑，但守护者依然倾尽全力挺胸抬头，以最骄傲的姿势拥抱命运。

至少让我体面地死去。

一如骄傲的土方岁三面对枪与炮扬起和泉守兼定，武士以最后的尊严挺直腰背，发起挑战后悍然杀入敌阵，至死一言不发，仿佛自古天职。古谚有云，唯无言是最高的轻蔑，如今看来，守护者一生恪守"非礼勿言"，或许正是出自此处。

夜叉不会去想这些弯弯绕绕，系统下属的执法者从来不问缘由，它们是最优雅的杀戮机器，力求以最高的效率完成指令。为了集中计算力量进行土曜日的政治审核，拉斐尔·加罗法洛目前正处于离线状态，无法处理罗隐透过层层权限关卡发来的模块关闭命令，执法者只有依照预先设定的在离线条件下的行动模式执行清理指令。

它的手指缓缓攀上扳机。

铜撞针撞击子弹底火的声音，火舌舔舐干燥空气的爆裂声，子弹出膛的音爆，骨头扭曲碎裂的声音，黏稠的洒水声。

伴着老式无线电特有的电磁干扰声，卡维尔·雷泽诺夫开始慢慢讲述。

"世上所有的事情，说到底，也不过是一个很简单的想法。土曜日和我父亲，他们都是纯粹的理想主义者，他们都看到了拉斐尔·加罗法洛支配下的世界的不合理。知识管制制度扼杀第一生产力，犯罪预防系统渐渐失去作用，整个社会像是衰败的老人渐渐走向死亡，而唯一有能力停止拉斐尔·加罗法洛的日曜日对这些事实视而不见，就像装睡的人想拥抱未醒的梦。所有乌托邦的通病都是生产力，先驱者们耗尽心血铸造的拉斐尔·加罗法洛也未能免俗。

"拉斐尔·加罗法洛的绝对统治必须被颠覆，朝着这个理想，他们建立了一切。从'占星者号'远洋货轮买下差分机作为以防万一的计算工具，秘密组建庞大的黑市网络，生产盲卡作为知识与信息的流通载体，发掘系统的0day漏洞。

"我们利用的权限漏洞的内容很简单，日曜日死亡后的权限交接有一个空窗期，拉斐尔·加罗法洛不会立刻注销死者的权限，直到下一任日曜日被选出才将权限移交。我的父亲认为有机可乘并曾为之设计了全套攻击方案，我们所有的行动都基于这个权限漏洞。为此，我接受土曜日的委托，进入犯罪池，抹杀日曜日，利用他的虹膜芯片进入核心机房。

"至于我刚才做的事，那是我最后的任务。感染病毒定向删除了维克多·雷泽诺夫和莹的身份信息，我亲手将我父亲最后的存在从这个世上抹去，为土曜日的政治审核铺平最后的道路。这是刻不容缓的事情，因为七曜会议在日曜日死后很快便会召开，届时很快就会完成投票。而且我的父亲和莹的身份都已经在十三年前暴露，删除他们的身份迫在眉睫……什么？莹，她……不，她的背景很复杂，一时半会儿说不清……"

杜韵的声音如同从深渊中传来，仿佛窥见猎物的猎豹。凭借干枯的喉咙，这个老男人吐字竟如此清晰："再复杂也有能说清的时候，卡维尔·雷泽诺夫。我猜得没错的话，莹的死没那么简单吧？"

卡维尔·雷泽诺夫："每个人只会看见他们想看见的，听见他们想听见的。你想要什么样的真相？"

杜韵："别用这些听上去很深刻的道理糊弄我。莹在下去前，你在她身边点了一根烟……不对，那根本不是烟，根本没有烟草的味道，而是另一种带有甜味的气体。我能闻出来，浸透液态一氧化二氮的漏斗粗滤纸，一氧化二氮是口腔医用快速起效吸入型麻醉药，一般通过喉管导入受体，用于遮断痛觉。但是我当时并没多想……现在想来，莹那个时候绝对是疯了，正常人怎么可能会想到去面对那么多的执法者？一氧化二氮只有轻微的麻醉药效用，更多时候它被心理分析师用作催眠气氛的营造。快速催眠植入心理暗示，这对你这种所谓半吊子社会工程师来说，我想不是什么难事。"

卡维尔·雷泽诺夫沉默了一下："准确地说，是提纯后的一氧化二氮晶体。"

杜韵："我就知道这件事没这么简单。都过去十三年了，告诉我吧，看在你我都已经老了的分上。"

卡维尔·雷泽诺夫停顿了很久很久："你知道吗？你还是算漏

了一点。一氧化二氮除了用作麻醉药和催眠气氛营造剂，还有一种用途。和氯胺酮一样，它有快速抗抑郁的效用，在肾上腺素作用旺盛的环境下起效只要几秒。"

十三年前，2611 年 12 月 4 日，南海大陆架城边缘，工厂区，大型电炉炼钢厂。

"苏……莹，听我一句！……"

苏诺拨开挡在她面前的卡维尔·雷泽诺夫，最终也没有回头看他们一眼。

和卡维尔·雷泽诺夫这个假病患不同，苏诺已被真正的精神病折磨了十多年。对阳光的极端渴望彻底毁灭了这个坚强的女人，行为欲望退化、意志活动退行、心境低落，在黑暗的下水道系统中看守差分机，这些症状愈演愈烈直到几乎崩溃，只有气象局飞艇破开云层的一刹那才能得到缓解。

包裹着一氧化二氮晶体的卷纸被卡维尔·雷泽诺夫踩在脚下碾碎，这次催眠时间被压缩到极致的心理暗示是他一生中最成功的一次催眠。关键词"太阳"，卡维尔·雷泽诺夫在她耳边颤抖着说出这两个字的时候，苏诺的瞳缩效应远远超乎他的想象，所有的抑郁症症状在顷刻间被压制至最低，剑术大师欣然提剑出阵。他第一次看到这个女人挥剑杀敌的情景，终于明白奥伯丁守护者的凶名赫赫到底从何而来。

苏诺被执法者盯上的原因并非非法入侵，而是大大改变的骨龄和行为模式。从西海回归的那一刻起她就被列入系统三级观察名单，在拉斐尔·加罗法洛在以几十年计的运算后，维克多·雷泽诺夫和莹的渗透工程师身份终于于三个小时前暴露，虽然维克多·雷泽诺夫早已死去，但苏诺继承了莹的身份与虹膜芯片。鹌鹑从星期六处得知系统三级通缉令的下达，十万火急地将这个消息传达到正在玩贪吃蛇的卡维尔·雷泽诺夫处。坐在白色蒸汽中咳嗽的男人站起，刹那之间脑海中便浮现出全套应急方案，在差分机的遮尘板上用铁锥扎出一串盲文点记后，踏上前往工厂区的轻轨。

如今，站在半空的横梯上，卡维尔·雷泽诺夫注视着臂上浮起山峦般青筋的剑术大师一步一步踏着阶梯，不由自主地回想起大图书馆里有着白皙手臂和红润嘴唇的女孩，而那个精力充沛、梦想改变世界的男孩也渐渐老去，和他的女孩一样蜷缩在日益枯黄的皮囊中，以疯狂冷酷的意志不惜一切代价逼近他的目的。

卡维尔·雷泽诺夫不敢再与那双漆黑如墨的双眼对视，他害怕那双眼睛，像是直逼他黑色灵魂的尖刀，又像是灼烧他仅存人性的烈火。他说的 B 计划完全是信口开河，根本不可能有什么列车线路能到达旧大兴安岭，核辐射区深处也绝对不是什么宜居地，那里早已成为寸草不生的戈壁滩。从头到尾，面对执法者的追捕，杜韵也已无能为力，只有诱导苏诺自杀一条路。

苏诺在他面前踮起脚尖，像是要亲吻他的脸颊，最终却只是轻轻拍拍他的肩膀。

"谢谢……我终于……解脱了。"她耳语道。一个自由人的低语，摆脱了抑郁症的阴影，她终究能自己做出决断。

数十年过去，他们早已成为了对方的影子，只需要一个简单的动作就能明晰一切。卡维尔·雷泽诺夫闭上眼睛，任由苏诺越过自己，就像跨过奥伯丁大街上的水凼般随意。他不知道她最后是否被成功植入暗示，抑或是心甘情愿如此，直到听出她的手指在栏杆上敲出的轻快歌谣，来自约翰·汤普森《简易钢琴教程》，F 大调《太阳升起》。

太阳，太阳，太阳。

卡维尔·雷泽诺夫喉头耸动，欲言又止，只能背对着她，至死不忍回头。

四十四年前，日期不明，西海。

白月清冷地挂在天上，照耀着这艘已经在海面上漂浮了一天一夜的小艇。今夜的西海平静异常，似乎收敛了所有的波澜去迎接来自地下海的守护者后代。十二个小时前的正午，那是剑术大师第一次直面太阳，也是卡维尔·雷泽诺夫一生中所见过的最猛烈的阳光，几乎要让人失去色觉。当时喜马拉雅山脉大断崖投下深黑色的阴影，在西海的波涛声中如同舞台的大幕缓缓降下，竟在海面上划出一条分明的晨昏线，苏诺在甲板上大叫，蹦蹦跳跳满头大汗，几近虚脱后才滚回船舱里睡觉。

"啊喏……卡维尔，什么时候才日出一次啊？"双脚不安分踢着铁皮的女孩嘟起嘴，抱着菊一文字则宗蜷缩在船舱的一角。

"一天一次。"卡维尔·雷泽诺夫呆呆地看着窗外翻腾的海面。

"一天是多久？"

"二十四小时。倒转八次沙漏，时钟转过两圈，就是一天。"

"好长啊。"

男孩没再搭她的话，苏诺赌气地扭过头装作睡觉，没想到真的很快就进入了梦乡。卡维尔·雷泽诺夫的脑海中盘旋着他父亲维克多·雷泽诺夫的最后一句话："走吧，我的孩子。走到天涯的尽头，走到你再看到阳光的地方。"现在他已经来到曾洒满阳光的天涯彼端。可是然后呢？此刻他才感受到旧日的身边人已经全部离他而去，首先涌入胸膛的不是痛楚，而是无尽的迷茫。

又被海浪的颠簸摇醒的苏诺爬过来："卡维尔，你在做什么？"

卡维尔·雷泽诺夫："我在想……"

"欸……"苏诺兴奋地打断了他，随后滔滔不绝地像复读机一样背诵出全文，"农民出身的土方岁三，仙台藩藩士出身的山南敬助，孤儿出身的冲田总司，他们在新选组局长近藤勇的手下为幕府卖命，无非是为了自己的利益。旧日本幕府代表了落后的一方，但即使是在幕府岌岌可危的时候，为什么新选组还选择站在幕府那边？"

男孩拨开女孩在眼前晃来晃去的手臂："别闹。"

苏诺笑嘻嘻地继续说道："现在我想到他们为什么这样做了。"

卡维尔·雷泽诺夫看了女孩一眼。

苏诺："因为他们习惯了啊。"

男孩耸耸肩，依然看着窗外的潮水。

苏诺继续说："习惯了用刀的人怎么会马上接受被枪打败的事实呢？他们只会觉得，是我的刀不够快，如果我再多练练，一定能打败拿枪的坏人。同样道理，即使幕府是不好的，新选组的剑士们也是想，要是能慢慢来改变，总能变好。"

卡维尔·雷泽诺夫扭过头来认真地盯着苏诺，直到女孩双颊浮起红晕。在长久得令人窒息的沉默后，他终于说道："虚无缥缈的希望。他们将国家的未来寄托在内心的信仰，即使明白命中注定要失败也一往无前，愚忠、凄美又带有点任性，就像一个少女期待她信任的心上人浪子回头一样固执。"

苏诺晃晃脑袋："啊咧咧……卡维尔，说到这个，你有喜欢的，很喜欢的东西吗？"

"你有？"

"这是当然。"

雾天很冷，卡维尔·雷泽诺夫往里缩了缩，话题突然被改变让他有点泄气："你喜欢什么？"

"我嘛，当然是太阳啊。"

怀抱利刃的女孩笑起来，露出尖利的虎牙，让愣了一下的男孩不得不别过脸去。

很多年后，铁灰色眼睛的男人依旧记得当时的情景。月下的黑海和雾锁的夜空，伴着波涛的响声和隐约的雷鸣。此情此景，在终有一日不得不亲手杀死苏诺后的时光里，如同尚未离去的鬼魂，每当夜深之时便会啮咬他的心脏，让他在一片心悸和泪雨朦胧中醒来。

与此同时，南海大陆架城，港湾区，地下室。

"辛苦了。"

黑市引路人的声音从罗隐背后传来，屏幕上"指令传输完毕"的提示在黑白两色的命令行中只有短短一句，但他们两人都在那一刹那如释重负。

"那么……"罗隐倾尽全力让自己的声音听上去不那么颤抖，"这事情就算完了吧？"

鹌鹑点点头。

"那么说好的……可以让我摆脱拉斐尔·加罗法洛的方法……"罗隐低下头，用乞求的语气，"请告诉我。"

鹌鹑笑笑，突然俯下身凑近计算机工程师。他们两个靠得实在太近，额头几乎紧紧相贴，罗隐本能地退后，但鹌鹑将他的头摁在自己额前。窘迫的计算机工程师好不容易把视线聚焦，映入眼帘的是鹌鹑细长的双眼，黑色瞳孔中倒映着自己惊恐的脸。

"看见了吗？"

"看……看见什么？"

"我的眼睛。"

"有什么装置？电波屏蔽？法拉第笼？我什么都没看到……"

"再看仔细点。"

"你……你没有虹膜芯片！你是怎么活下来的？！"

"这就对了，现在你懂了吗？"

鹌鹑话音刚落，罗隐只觉得有个什么东西顶住自己的喉咙，喉结被深深刺入，伴有钢铁的冰冷触感与火药的灼热余温。在他还没来得及呕吐前，一声沉闷而干净利落的枪声，计算机工程师眼前一黑，已看不到自己的后脑头盖骨被整个打飞，血液和脑浆混在一起，涂在屏幕上缓缓流下，沿着机箱的沟槽渗入主机，报废了一大片硅晶管。

罗隐搭在鼠标上的手垂在地板上，细长的河流沿臂间的盘虬经脉流过，好似名画《马拉之死》。何等讽刺，这就是腹语师之子最后的结局，罗隐和王钢，连同他曾付出巨大代价交换来的知识，烂在无人能知的深处，一如他的父亲带着家族百年传承的技艺在病床上默默死去。

传输关闭指令，保证卡维尔·雷泽诺夫和杜韵安全进入核心机房之后，灭口已是土曜日下达的最后一个任务。拉斐尔·加罗法洛迟早会根据虹膜芯片的监控视频发现这次异常操作，与其让他情急之下在执法者的监控前说出不该说的话，不如让一切永远埋葬在黑暗中。刽子手鹌鹑在原地沉默地站了一会儿，转身离开地下室，将罗隐血肉飞溅的尸体留在熄灭的屏幕前。

他回到接客的厅堂，对关公像拜了一拜，打开收音机又听完一遍《夜战马超》，其实这是楼上电台的唯一节目，跳频发射机孤独地日复一日播放着这段沙哑的粤剧，从未有任何回音。坐在太师椅上足够久后，他慢慢站起，没人知道此刻他脸上复杂的表情有何深意。

"一切都结束了。"拉开窗帘，让阳光洒在脸上，鹌鹑缓缓说道，他的语速像是雨后屋檐的水珠滴落，虽是轻声低语，却胜似洪钟大吕。四十四年前深入唐古拉山脉的行动，使得他在余生都遭受着辐射病的摧残，他的身躯就像是饱经沧桑的龟裂土地，骨龄衰减、钙质缺失、牙齿松动、血液白细胞浓度下降等并发症在几十年的时光中逐一犁过，刨起碎屑和血网，枯槁的皮肉早已在多年的折磨中剥落，仅剩黄土底下的黏稠灵魂。

如今，已是残羹余烛、将死未死的黑市引路人手中的袖珍手枪转出几个优雅的圆弧，对准自己的心脏。

他想说点什么，但也一句话都不想说，腰椎间盘还在默默生痛，忍不住直接开了枪。

一个人能把秘密埋藏多久？

也许一两个月，也许一两年，也许十年，也许五十年，但从未能一生。就像被河流埋藏的宝藏，唯有水波在岁月的淤泥上永恒地起舞。我的一生亦是如此，保守过太多太多秘密，以至于我每天早上从睡眠中醒来，要做的第一件事便是一件一件回想那些尚未腐烂在我记忆中的秘密。

磁带、日记、盲文，或是其他载体都难以让我有安全感，即使没有虹膜芯片的监控，我也只相信自己，因为我本身就是一个秘密。冬天在街边瑟瑟发抖、无人救助的婴孩，在默默死在霜冻中的前夕被路过的数据主管发现，那时我尚未到达进行虹膜芯片植入手术的年龄，用俗话来说，是非法的、必须被执法者清除的"无眼者"——每年都会有营养不良的新生儿因不适宜进行手术而被施行安乐死，我原本也应该是那其中一员。

眼睛是人类最重要的器官之一，每个人的本能中都保留着一份对黑暗的恐惧，宁愿失去双手双脚也不要失去双眼。而在大陆架城中，失去双眼，也多半等同于失去双手双脚：没有虹膜芯片的人也意味着没有系统账户，没有身份的同时也无法在市场中进行任何交易，无论是换取食物还是接受医疗，甚至是得到一杯果汁，对无眼者来说都难如登天。

土曜日阁下养活了没有名字的孤儿，从此我只有一个代号"鹌鹑"。在懂事之后，他亲自传授我未被授权得知的知识，这时我才从他口中得知，因为未植入虹膜芯片，所以拉斐尔·加罗法洛不能识别我。我在世界的支配者眼中竟是透明人，年少的我尚以异于常人而自豪，曾为此兴奋不已，像是被动拥有了特殊的技能。多年后才发现这是无法回头的路，我终其一生都注定要生活在港湾区的阴影中。

孤独感如影随形，倾诉欲也日益强烈。我第一次开始尝试写日记，将禁忌的知识记下，但很快被土曜日焚毁。当时，他指着在酒精中飘舞燃烧的手稿说道："现在你已经明白身上背负的到底是什么，耶稣也背负着十字架，但是他懂得克制，从不作语，你也应该懂得。"

克制，克制，克制。

土曜日教会了我心如止水，但他自己却未能做到。几十年来，他不断地向我这个没有虹膜芯片的无眼者倾诉琐事、家事、野心、计划，我是他的树洞，可惜没有泥土来封住我的嘴。就像缺口的瓦罐，被风吹过总会阵阵呜咽，他对我告解和忏悔，而此等沉重的秘密于我如鲠在喉，我又能向谁倾诉呢？也许只能在浓浓夜色中向路过的海风吐露心事。

我曾想，每个人都无法真正守住秘密，无人能忍受岁月和寂寞的拷打。每当一个秘密被埋入心底，一个新的秘密便随之而生。很多时候，人们想说出口的并非秘密本身，而是"我保守着一个秘密"这个事实，似乎通过这种廉价的方法就可以将他们区别于芸芸众生。

　　卡维尔·雷泽诺夫抑或是个例外。当年我第一次看到这个男人，仿佛看到同类，他的双眼和我一模一样，那种眼神只会属于秘密的真正保守者，坚毅、厚重、骄傲又带有丝丝悲悯。我是他和土曜日阁下的中转站，土曜日给我指令，我传达给卡维尔·雷泽诺夫，避免拉斐尔·加罗法洛将他们两人添加到对方的社会学关系列表中。

　　但我从来没信任过这个眼睛有着奇异颜色的男人，直觉告诉我，卡维尔·雷泽诺夫和土曜日阁下完全不同，拥有那种眼睛的家伙，怎么可能会和土曜日阁下是一路人？几乎是紧接着他离开南海大陆架城，一个渗透工程师便找上门来。他到底在谋划着什么？是背叛告密还是倒打一耙，抑或是别有所图？

　　啊，何等失态，曾几何时我以为自己能永远缄默，可垂死之时却难免喃喃自语。

　　如今，我已听闻三途河的潺潺水声，怀抱着一堆无用的秘密迈向黄泉。但所幸我最终没有陷入泄密的不忠，倘若泉下的美髯公有知，兴许也会抚须微笑。我想，这终究能稍稍抚慰我内心的介怀，令我解脱于怀疑同伴的不义。

　　青藏高原地下海，拉斐尔·加罗法洛中央系统，核心伺服器机房。

　　杜韵在 18℃的温度中呼出一团炽热的白雾，引发了机房内的颗粒物检测器报警，代表环境检测值超标的红灯照亮整个机房，以每秒 50 次的频闪晃花了杜韵的眼睛，令人抓狂的程度可以媲美云雀号的气象雷达警报系统。

脚下传来橡胶防静电地板的粗糙触感，一眼望不到头的黑色服务器阵列如同阴森丛林，蜿蜒蛇行的光缆是它们的枝丫，明明灭灭的量子元件是它们的花叶，液氮冷却液流动的声音好似暴雨敲击。这就是拉斐尔·加罗法洛的全部，支配世界的无情君王，却一直与蚯蚓和泥土做伴。

"它跑起来了。"杜韵说道。

"我明白。"无线电中传来沙哑的声音。

杜韵凭借记忆重新默写出侧信道攻击的全套攻击程序，谢天谢地，它能在这个 PDA 上正常运行。打开电磁流量计，望着数值矩阵阶数开始攀升，渗透工程师的脑海中突然浮现一句话："这也许是你这辈子唯一一次机会能如此接近拉斐尔·加罗法洛。"三十四年前掠行在空中的气象局飞艇上，卡维尔·雷泽诺夫指着云中的节点计算中心对杜韵如此说道，莹驻足在黑灰色偏振玻璃窗前，窗外是逐渐被云雾隐去的太阳。

灰色眼睛的男人还是错了。如今时过境迁，渗透工程师终于站在拉斐尔·加罗法洛面前，电磁流量差分功耗攻击、SCA 方法、纳米级精度传感器，一切都如旧日，唯独他已是孤身一人，孑然一身。

利用侧信道攻击得到密钥，拆解中央系统的防火墙，系统管理员账号的密码即将落入他手中。先驱者们在构筑拉斐尔·加罗法洛的时候隐藏了超级管理员账号，不让任何人能通过正常手段接触，为的就是避免系统被人为操控，他们相信所有肮脏和腐败都是因为人，正如唯有法律、制度、规则这些没有生命的绝对理性才能完全制约人性，拉斐尔·加罗法洛正是这些绝对理性中的一员，包括日曜日在内的所有数据主管都只有 guest 权限。当然，作为中央系统数据主管的日曜日拥有一定程度上改变系统的能力，但依然没有彻底的管理员权限。

"然后呢？"杜韵忍不住问道。

"等。"他只得到了一个简短到极致的回答。

还有十五分钟。

杜韵靠在一个服务器边坐下，双腿张开，像个流浪在港湾区的乞食者。他又陷入了不合时宜的回忆，三十四年前他坐在差分机旁，三十四年后他越过西海，何曾想到自己终有一天会扼住模式识别系统的喉咙？所有的故事都将结束，十五分钟后，侧信道分析完成，全套攻击结束，拥有管理员权限的渗透工程师将取代冰冷的机器，成为这颗星球上所有人的掌控者。

那时他又该何去何从？

他掏了掏口袋，失望地发现最后一根烟留给了卡维尔·雷泽诺夫。对尼古丁的渴望撕咬着他的喉咙和肺，渗透工程师是如此渴望一根烟，以至于没能及时发现 PDA 上突然弹出的会话窗口。

日曜日：住手！无论你是谁！住手！

隔着铺装着全金属挂板、三百五十毫米厚度的地下钢筋混凝土连续墙，夜叉的沉重脚步声传入只有一墙之隔的卡维尔·雷泽诺夫耳中，植入右肩的电磁侦测雷达早已识别出执法者的信号，锁骨振动的节律像是一首钢琴曲，社会工程师的手指也不由得在菊一文字则宗的刀柄上轻舞。

"你还是背叛了承诺，土曜日。"

卡维尔·雷泽诺夫梦呓而语，似乎对这个结果见怪不怪。十五分钟早已过去，执法者还能行动则说明模块没有被成功关闭，除去无穷小量的故障概率外，剩下的唯一解释就是土曜日……不，日曜日重新发出了开启指令。野心家最终还是野心家，上位成为中央系统数据主管的土曜日，手掌无上权力，做的第一件事便是背叛，旧日的理想迅速被扫进垃圾桶，飞鸟尽，良弓藏，抹杀一切日后有可能暴露他过往行径的可能性。

索然无味的权力更迭，不过是再一次日落与日出。

然而卡维尔·雷泽诺夫从未相信过任何人，无论是神色诡异的鹌鹑还是素未谋面的土曜日，甚至是苏诺与杜韵，精通欺诈与骗术的社会工程师比任何人都明白人心易变，如那个有着锋利黑色眼睛的女人所说，唯一值得相信的只有自己。

四十四年前的地下海，心脏被九毫米穿甲弹击穿的莹挣扎在蒸汽艇的甲板上，抱着不知所措的男孩："卡维尔，现在只剩下你和她了。"

"阿姨，你会死吗？"他呆呆地看着手掌上的一摊血。

"是的。"莹笑着抚摸他的脸庞，"记住我的最后一句话，相信你自己，永远只相信你自己。很多年以后，你会明白它的含义的。现在，重复一遍！"

卡维尔·雷泽诺夫依言低声复述了一次，没有回应，鼓起勇气后抬头看去，苍白的女人已经没有了呼吸。

"人还是要比白鳍鲨刺激嘛……"一片死寂中，甚至没有海浪的声音，他能清晰听到五十米开外的声音，那个声音来自另一艘船。幼小的卡维尔·雷泽诺夫从莹的怀抱里起身，趴在船舷偷偷去看。

"……小孩就不用管了，没人会相信他们的话的。"

目力极好的男孩一眼看出那些绝对不属于蒸汽时代的海盗，尽管他们肩上斜挎着清一色的古老温彻斯特步枪，但五花八门加装在镜座上的光学瞄准镜、密位测距表乃至机械经纬仪，甚至挂载在枪管下的刺刀与小型霰弹发射器附件都说明了这点。模块化装备思想在二十一世纪初出现雏形，连武器标准化都尚未完成的第一次工业革命时代不可能出现这种职业士兵。

两个月前，从灰门港口出发，燃油耗尽的地效翼艇搁浅在奥伯丁的滩涂，光着脚丫的苏诺在涨潮前的最后一刻救下了卡维尔·雷泽诺夫和莹。七个星期后，瞒着骆雯，他们三人找到了一艘全新的蒸汽艇离开奥伯丁，随即被"海盗"盯上。在上千海里的追逐中，对方似乎终于厌倦猫捉老鼠的游戏，为首之人在掠过蒸汽艇时，一声枪响，以难以想象的精准打穿了莹的心脏，黄铜弹壳坠入海中的声音清晰可闻，像是青蛙跃入宁静古池。左轮手枪冒出的硝烟在黑暗中拉出一条白色的纱带，随后消散在海风中。

年幼的卡维尔·雷泽诺夫不知道这个男人的身份。直到很多年后他将要从南海大陆架出发，鹌鹑递过日曜日的资料，尽管西南季风已四十三次吹拂南海大陆架，但记忆力极强的社会工程师只扫了一眼就将资料上的彩色七寸免冠照和记忆中的男人重叠在一起。奥伯丁铁矿区深处的狭窄小巷，老去的日曜日询问卡维尔·雷泽诺夫的身份，他不费丝毫力气认出了老人的声音，菊一文字则宗在一声钢铁的啸鸣中出鞘，不带任何形式的犹豫。

如今，执法者铬合金骨架与地面摩擦的声音已经出现在他的耳边，它的目标是杜韵，拉斐尔·加罗法洛把他的威胁度置顶，甚至远远高于卡维尔·雷泽诺夫。身裹守护者披风的夜叉将不惜一切代价抹杀篡位的渗透工程师。

卡维尔·雷泽诺夫守在通往中央机房的必经之路，远处的夜叉终究是未能识别出挺立在黑暗中的无眼者。

日曜日：你是卡维尔·雷泽诺夫还是杜韵？

杜韵：你是谁？

日曜日：我是前任南海大陆架节点数据主管土曜日，

现任中央系统数据主管，你可以叫我日曜日。

　　杜韵：久闻土曜日大名，幕后黑手。我是杜韵。

　　日曜日：我更宁愿被称为"棋手"。我该怎么称呼你呢，杜先生，杜医生，还是杜工？我想称呼并不重要，重要的是你的身份，渗透工程师，值得自豪的是，你是历史上第一个对中央系统成功进行侧信道攻击，并将取得管理员权限，直接威胁拉斐尔·加罗法洛的人。但你应该知道你的所作所为代表着什么，你在把你自己送上断头台。

　　杜韵：日曜日阁下，不要尝试威胁一个身无长物的人。我所拥有的生活早就被拉斐尔·加罗法洛和卡维尔·雷泽诺夫这两个家伙毁得不成样子。

　　日曜日：噢……对付工程师的话术不适用于你。那让我们开诚布公地谈判吧，尽管拉斐尔·加罗法洛在监控这次通信，但现在再不谈，以后就没有拉斐尔·加罗法洛了。让你终止攻击需要付出多大代价？数据主管有修改档案数据库的权限，我可以完全替换你的档案，为你隐去罪名，让你以任何你想要的身份开始新的生活。

　　杜韵：开什么玩笑，我怎么可能会相信你这种胡话？十五分钟后我就是拉斐尔·加罗法洛的主人，你是在担心自己的权力被夺去吗？自己辛苦布局了几十年，终有一天成了日曜日，如今却要被一个不招人待见的渗透工程师踩在下面。

　　日曜日：可笑又可悲的臆测。你知道卡维尔·雷泽诺夫的真正目的吗？或者说，你以为你真的了解卡维尔·雷泽诺夫这个人吗？

　　杜韵：那看起来你一定很了解。

日曜日：你应该知道我们曾经的关系。

杜韵：他对我讲了所有的事。你背叛了他们。

日曜日：呵呵，"所有的事"，你所知道的只是冰山一角。我们的理想早已在某个路口背道而驰，最终南辕北辙。你知道他真正的想法是什么吗？他和他老爹维克多·雷泽诺夫一样都是彻头彻尾的疯子，这两个斯拉夫人只想彻底毁灭拉斐尔·加罗法洛，最初制订的计划甚至还包括引爆旧时代的核弹制造人工地震。但是他们都不懂得，模式识别系统管理着如此庞大的社会，如果在顷刻间崩塌的话，那会怎么样？整个人类社会会在一瞬间倒退千年，在相当长的一段时间里回归茹毛饮血的状态！维克多·雷泽诺夫喜欢给我讲幕末的故事，它的影响何等深远，即使到如今也能听到它的回音，地下海的犯罪池就是那个时代的缩影，永无止息的杀戮，以巩固系统的高压统治地位。但他不知道，即使是明治维新，也是经过了复杂而漫长的博弈才得以结束。

杜韵：这……

日曜日：杜工，我可以保证，我会在往后很多很多年的时间里逐渐践行我的诺言，拉斐尔·加罗法洛必会退出历史舞台，但绝不是现在。所有改革都是循序渐进的，罗马并非一日建成，难道拉斐尔·加罗法洛就能在一朝一夕消亡？

杜韵：我无法相信你，土曜日阁下。侧信道攻击绝对不会停止，但是我同样能保证一点，我不会毁掉拉斐尔·加罗法洛。

日曜日：以我对他的了解，只怕到时由不得你。

结局 负一

　　透过肋骨，卡维尔·雷泽诺夫又听见了液体微微摇晃的声音，那来自他胸前皮衣所挂着的四瓶液态燃烧剂，遮盖在黑色棉绒披风下。那并不是充满古典气息的莫洛托夫鸡尾酒，而是另一种更先进的黏性高效能燃烧液。它的名字已不可考，唯有代号"普罗米修斯"，最早出现在核战时期的局部冲突战争，用途广泛，曾用于子弹燃烧剂、遭遇巷战前期覆盖性战术打击乃至毁坏敌方浅层地下管网。传言点燃的"普罗米修斯"甚至能渗入泥土，在低氧条件下猛烈燃烧，如同纯粹火焰形成的河流在大地上流淌。

　　无线电里的杜韵叫出他的名字："雷泽诺夫。"

　　执法者感知到了传出的声音，停下脚步，扫描不出任何虹膜芯片的信号，红外侦测在机房复杂的电磁辐射背景中毫无作用。弱光环境下的夜视系统看到了卡维尔·雷泽诺夫本人的身影，模式识别系统却因为瘦弱的男人身着的黑色大氅将其识别为服务器机箱。实际上，无眼者就站在夜叉面前不远处。

　　杜韵："说话，雷泽诺夫。"

执法者又转了一圈，索敌模式开启。

卡维尔·雷泽诺夫低低嗯了一声。

杜韵："侧信道攻击要完成了。"

卡维尔·雷泽诺夫："等。"

杜韵："你到底想要做什么？"

卡维尔·雷泽诺夫沉默不语。

杜韵继续说："我绝对不会按你想的做。如果突然没有了拉斐尔·加罗法洛的调度，整个社会将彻底失去控制。我承认你的理想，但是……这些都太疯狂了。"

卡维尔·雷泽诺夫："杜韵，追杀你的执法者就站在我面前，它和你只隔着一条通道的距离，完全可以在你取得管理员权限之前就地处决你。1918 年 9 月 28 日，第一次世界大战，英国士兵亨利·坦迪站在伤兵阿道夫·希特勒面前，他们隔着一条不过 90 厘米的壕沟；1777 年，北美独立战争时的宾夕法尼亚州，英军狙击手帕特里克·弗格森瞄准了乔治·华盛顿的后脑，隔着 125 码的距离；1864 年 7 月 8 日，池田屋事变，新选组袭击池田屋屠杀攘夷派，长州藩尊王攘夷巨头——奇才桂小五郎此时正在赶来的路上，听闻喊杀声后立马折返，相隔 300 米的直线长度。很多时候，须臾之隔，即是历史。所以我从来不相信等待，犹豫再三不过是无能的妥协，只有最纯粹的方法才能得到最纯粹的结果。"

杜韵："你……"

卡维尔·雷泽诺夫："老朋友，别让我失望。如果你还恨我，那么至少别让莹白白死去。"

突然谈到死去的女人，杜韵的内心像是被什么触动，他的声音无比干涩："雷泽诺夫，她爱你。"

卡维尔·雷泽诺夫的声线依然平静："我也爱你们。"

随后杜韵听闻一声轻微的爆响，火焰灼烧的噼啪声，如同烟火在夜里绽放。渗透工程师的心脏重重一跳。

他看不见的是，卡维尔·雷泽诺夫和执法者如一对恋人紧紧相拥，"普罗米修斯"从碎裂的瓶中流出，被雷管点燃，刹那间亮起冲天火光。这种高效燃烧剂巧妙地利用了金属焊缝的温度物理特性，能够优先熔化成块构件之间的连接。夜叉的外壳以肉眼可见的速度在以千、万摄氏度计的高温中解体，流动的火焰沿着执法者的合金骨架缝隙渗进内腔，破坏了所有精密电子线路。人类和机械在拥抱中混成一团血肉与火花，再也分不出彼此，远远望去有如灿烂太阳冉冉升起。

短暂的压抑后，灰色眼睛的男人突然发出一阵惊心动魄的咆哮，仿佛要将自己的灵魂呕出。无线电另一边的杜韵为之心惊肉跳，那远远不止是被烈焰焚烧的苦痛、愤怒、悲哀和解脱，还有一份连半个世纪时光都无法稀释的疯狂。

权限鉴定完成。欢迎登录，Administrator。

不知道过了多久，侧信道攻击终于返回了一个代表成功的数字1，瘫坐的杜韵抬起眼皮，调出命令行，黑色背景里的朴素窗口闪动着白色的光标，像是摇动在西海波涛上空的灼目云闪。拉斐尔·加罗法洛此刻已经对他开放了所有权限，手忙脚乱地查询指令使用说明的渗透工程师尚未完全理解此举的深远含义，他只知道执法者和守护者对自己的追杀还在持续，当务之急是解除针对自己的通缉令。

```
rm -rf /*
```

心脏还在剧烈跳动，他在命令行里快速打出了这样一个短短的指令，恍惚片刻后终于惊醒。我他妈的在干什么？rm 是系统环境下删除文件的命令，参数 -rf 代表递归强制删除，/* 是通配符，指代整个拉斐尔·加罗法洛的所有文件。如今只差一个回车确认，拉斐尔·加罗法洛就会集中所有计算力对系统文件逐一复核并彻底删除，而这一切将会发生在确认命令后的短短几秒间。

　　他的手指悬停在 PDA 虚拟键盘的回车上，指关节仿佛不再属于自己。这时，日曜日发送过来的语音通话请求在屏幕上出现，分散了他的注意力，让他在那一刹那得以分心，手指成功避开了回车点在了同意通话请求的提示框上。

　　日曜日沙哑的声音伴着失真的风声传来："杜工，我在监控你的屏幕，你要做什么？！"

　　按下回车的欲望越来越强烈，杜韵的恐惧达到了极点："我他妈控制不住自己！"

　　肢体神经官能症，中老年人中风的前兆，其症状包括肢体麻木、昏沉嗜睡、精神不振、神经衰弱。病因病机多为情志郁怒、饮食不调、劳累过度、气候变化、行血瘀滞。病患在日常生活中应多饮红、白萝卜汤，辅以饮用松毛酒。松毛酒的配方是一千克松毛，一点五千克酒，精确到小数点后四位……妈的我到底又在想些什么？下肢静脉曲张什么时候会引起中风了？……稳住！冷静！杜韵，冷静！你他妈该干什么来着？

　　渗透工程师挠挠脑袋，抓不到头发，只挠到了稀疏头发间的头皮。

　　日曜日："我明白了。"

　　杜韵暴起，片刻后又蹲在服务器前捧着 PDA："你明白个什么卵？！"

日曜日："暗示。"

杜韵长长出了一口气："他妈的卡维尔·雷泽诺夫，死了也要算计我一把……"

日曜日："深呼吸。相信自己。"

双拳紧握的渗透工程师终于破口大骂，他把PDA从机房一边摔到另一边："我信你个鬼，你知道我现在头痛得有多厉害吗？有人在用羊角锤砸开我的脑壳，用吸管吸走我的脑浆！然后他们用光纤水晶头插进我的前额叶，就像用勺子将猪骨汤搅浑。我要死了！"

日曜日的声音从质量过硬的电容屏后传来："那这个暗示一定植入得非常深，至少经过了三四层的强化。卡维尔·雷泽诺夫肯定在很多年前就谋划好了今天，如果你不按他的要求做，他就会启动埋在你潜意识里的炸弹，让你代替他将拉斐尔·加罗法洛格式化……不，我认为他一开始就没打算亲自动手，因为只有你能做到侧信道攻击，取得管理员权限。这真的是……你知道吗？这就是我不敢和他本人见面的原因。"

晃晃悠悠走了一阵，杜韵又跌跌撞撞跑过去拿起PDA："不行……我还要解决掉系统威胁度。执法者和守护者还在追杀我……"

日曜日："调整系统威胁度的命令是 systhreat，后面的参数是你的编码……你还记得自己的系统编码是多少吗？……杜工！你又打错命令了！快删掉！"

杜韵将PDA丢在一边，双手捂脸。从脑海深处传出的声音越来越大："我……我要受不了了……其实他说的也没错，只有最纯粹的方法才能得到最纯粹的结果。无论如何，能毁掉拉斐尔·加罗法洛，人类不也能有一个新的开始了吗？要死多少人，又和我们有什么关系？那都是必要的牺牲啊！"

他的手指颤抖着伸向PDA。

```
rm -rf /*
```

渗透工程师久久盯着屏幕，像是等待数据主管做出应答，他没有等到任何回话，唯有一片空虚失真的呼啸风声，指尖垂下之际，最终只换来了日曜日的一声轻叹。

> 傅里叶先生认为，科学的主要目的是服务人类、解释自然现象；但像他这样的哲学家应该知道，科学的唯一目的是人类心智的荣耀。
> ——C. G. 雅可比《给勒让德的信》，1830 年 7 月 2 日

知识管制系统的纹章便是剑与书，鹅黄盾面上的天蓝色长剑浮纹，覆于张开的纯白书页之间，作为持盾者的裸体人类和机器人分立两侧，上接雷云与闪电，指代系统天罚；下方本该写有铭文的条带空无一物，寓意"无言"。

我在 Sz1 节点度过了人生的前七分之一，这个徽记早已牢牢烙在内心深处。我见过人类与机械，目睹执法者把人从蜗居中拖出，亦明白了沉默是金的道理，唯独未曾触及钢铁打磨的锋利与羊皮写就的墨香。

西伯利亚北极大陆架渔业区，世界的极寒之地，那是我的故乡。蜷缩在寒冬的北冰洋海边，无数次听闻白猫头鹰的啼叫，我的手指抚过粗糙纸张的凹凸点记，内心不自觉一阵疼痛：啊，剑与书，它们真的曾存在在这个世界上吗？如果不是的话，那么它们的影子又为何嵌在我的内脏？

"软弱和愚昧爬行在西伯利亚的土地上，俄罗斯人的血液不再

流动着坚强和智慧，我们的事业便是传火。"维克多·雷泽诺夫如此和我说道。说出这句话的时候他唇边的烟斗熏出一阵呛人的白烟，我们正站在北冰洋的冷风中，背后是绵延千里的西伯利亚北极大陆架城。他张开双手站在岸礁上，投下的影子如同黑色的十字架，在永不止息的波涛上颠簸。在那个瞬间我恍惚看到了海浪起伏组成的盲文，它只出现了一刹那："剑与书。"

那时我终于知道那句话的含义：人类心智的荣耀。而这也终于让我回忆起，北极圈的净空带尚能透过核冬天云幕目视银河，小时候的我也曾敬畏亘古流转的群星。十多年后，当我执起奥伯丁大图书馆的古卷，羊皮纸上真正的星图透着墨染的味道，那个煤油灯边的男孩竟不自觉潸然泪下。

人类已命悬一线，拉斐尔·加罗法洛的管制必须被毁灭，无法妥协也无须谈判。我必将知识的火种带回地上，哪怕付出鲜血和泪水的代价，哪怕背上屠夫的骂名——如果拉斐尔·加罗法洛的崩溃引起大灾难，那死去的也不过是一群无知的猪猡！人类文明灿如繁星的智慧不容亵渎！那是伟大的探索者们心智的终极荣耀，又岂能用微不足道的人命来度量？历史长河浩浩荡荡，苦难和挣扎不过是它的惊鸿一瞥。

千百年后，复苏的人类必铭记我的牺牲！将我比作普罗米修斯，扭曲挣扎于高加索山脉之上，以血肉之躯面对啄食的巨鹰，至死不渝于传火的意志！

尾声
零

三十分钟前，青藏高原，横断山脉，上空六千米。

无人运输机"三文鱼寿司"正在飞越玉龙雪山，高山草甸和万里冰封一齐在它下方掠过。雪山的主峰扇子陡终年积雪不化，如今隐没在云雾蒸腾之间，蜿蜒如龙的冰川划过大地，在汹涌澎湃的金沙江戛然而止。旧时代的核大战并没有波及云贵高原，它作为南海大陆架城和旧中南半岛的地质缓冲区一直受到高度关注，曾有相关专家认为云贵高原正在下沉，但西海勘测后他们便修正了这一看法：扇子陡的海拔依然是 5596 米，而不是预想中的 5595 米，没有出现大陆架地质部所预言的沉降现象。

这片大地既郁郁葱葱又荒凉贫瘠，设立在四川盆地的地下核弹库已经在三十五年前失去保锁，放射污染正在透过地下水系向四处扩散，岷江、沱江沿途设立的水质水文检测站一年来检测到 75 次沾染辐射无机物峰值。很难相信两百年来，隔着核辐射弥漫的云贵高原，中央系统的地面基地和南海大陆架一衣带水却未曾问候，就像隔着庭院遥遥相望的山南敬助和土方岁三。

通信信标亮起。在长久的无线电沉默后，"三文鱼寿司"终于进入灰门基地的通信范围。日曜日面前漆黑的屏幕被点亮，美工粗糙的系统登录欢迎界面出现在那上面。数据主管慵懒地起身，将镀金的酒壶放在柔软沙发的旁边，他将手指点在屏幕上，发现那并不是全息投影，甚至不是触摸电容屏。他哼了一声，一番寻找后终于在一个隐蔽的角落找到了操作键盘。

TCP 会话组建完毕。新任中央系统数据主管，欢迎你！你正在阅读先驱者的文档。

解锁词条阅读权限：知识管制。关键词：可控核聚变、能源网络、能源危机。

随着科技发展，世界用电量指数增长，值得铭记的是2200 年世界一年用电量首度突破百亿亿千瓦时，工业于当年首先陷入危机，地壳圈探明的工业储备资源将近枯竭。以此为背景，是光伏、潮汐力、风力的低效率，植物电池、细菌电池在庞大的能源需求前很快遇到瓶颈沦为玩具，火电、核电因原料不足全面衰落的现实。数不清的石油战争、天然气战争、页岩气战争、铀矿战争后，人类被无尽的战火拖入互相残杀的窘境，直到终结一切战争的核大战，最后只剩下海洋发电和水力发电苦苦支撑摇摇欲坠的能源网，维持世界最后的光明。

从断壁残垣中，先驱者们艰难地重建了几乎破碎的人类文明。他们首先做的有两件事，第一，大力发展人工智能辅助重建工作，让大量机器人填充人类社会，同时将剩下的人类迁移到核辐射剂量相对小的地区，最后人类不约而同地定居在大陆架附近；第二，继续在战争中数次中断的可控核聚变研究，战前曾有无数希望寄托于这项技术的突破，而直到资源战争按捺不住爆发，彼时亦未有里程碑式进展。

核战结束整整一代人后，科学家在人工智能算法领域取得了可喜的进展，AI 在管理社会运行中做出了巨大贡献，是核战后人类社会得以正常运作的坚实基础。但可控核聚变离工业应用永远还有二十五年。常温超导的学术圈除了成吨的灌水论文，唯有到处走穴的学术骗子，最终令托卡马克反应成为永远的遗憾；冷核聚变在一桩特大诈骗案后臭名远扬，从此无人敢碰[1]。人类实在是太过失望，投入巨大人力物力的核聚变研究停滞不前，于是先驱者们有了一个疯狂的主意：启用人工智能的神经网络算法，进行核聚变研究，看看能不能带来新的思路。

肩负重任的超级计算机"安德罗丁 Anroid"以人类的知识库为蓝本运行了整整十三年。这个前所未有的 AI 没有产生自我意识，也没有失控。但它给出的答案让人懊丧，百分之十五的知情人当天自杀，百分之七十五的人从此患上或轻或重的神经官能症：安德罗丁认为热核聚变永远不可能在地球资源彻底耗尽之前实现。

这时，整个社会都围绕着热核聚变研究，科研既是 GDP 的主力，也是人类最后的希望。常温超导的理论深入到原子机理，超级粒子对撞机的重建便几乎拖垮了整个尚且脆弱的工业体系，往后还有超高精度机床、甚高功率激光发生器、大型实用托卡马克装置的研究，举步维艰，每一个项目都是油老虎、电老虎、矿老虎，一眼望不到头的无底洞。

剩下的百分之十的人，将目光投向了安德罗丁在提出结论后给出的全套可执行方案。

　　为了延续仅存的文明，立即停止并禁止全社会消耗能源最大的科研活动，实行知识管制体制，禁绝一切未经授权的求知，并以计划手段规划生育、人员教育、城市、经济、能源网络。基于辅助 AI 管理与实行集权统治的理由，建立眼球监控体制，开启拉斐尔·加罗法洛及其附属犯罪池工程[2]。拉斐尔·加罗法洛中央系统与犯罪池工程选址在一处地下海，那里是中国在陷入能源危机后科学家在青藏高原疯狂钻井时偶然发现的地质结构[3]。

　　安德罗丁以绝对的理性描绘了人类的衰落曲线：将人类社会分割为地上和地下，地上的环境终有一日会恶化到无法居住，可用资源也将枯竭到难以维持工农业的核辐射隔绝装置。犯罪池中的人们将成为人类最后的火种，拉斐尔·加罗法洛（犯罪学三圣之一）模式识别系统此时便会断开连接并自动格式化，让地下犯罪池世界进入恩里科·菲利（犯罪学三圣之一）差分机系统统治的时代。在漫长的时光后，人类最终将彻底静止于龙勃罗梭（犯罪学三圣之一）系统，化作群星之间的一声哀叹。

　　[1]125 名多国诈骗犯伪装"冷核聚变"科研人员，于欧洲大陆架城被警方逮捕. 大陆架最新新闻, 2378.

　　[2]【绝密】犯罪池工程必要性及可行性论证［C］. 南海大陆架工程院, 2420.

　　[3]中国地质科学院. 青藏高原钻探勘测报告［R］. 中国地质科学院技术报告 BG7-231. 北京：中国地质科学院, 2227.

Read me.txt：

接任者，我们不知道今夕何年，只知道我们此刻必定早已死去。原谅我以无比的诗意向你阐述如此绝望的未来。

你的职责只有得知这个真相，并永远保守这个秘密，请不要遗忘我们存在的理由。

一如海德格尔之言，人皆向死而生。无论如何，至少请让人类体面死去。

——无名的先驱者

现在，青藏高原地下海，拉斐尔·加罗法洛中央机房。

又一阵电波干扰，日曜日的声音一时失真："冷静下来了吗，杜工？"

杜韵跪在地上，一滴冷汗沿着发鬓流下，淌过嶙峋的锁骨，流到PDA的电容屏上，滴在指令"rm -rf /*"的光标后。心跳像涌起的波浪，又像平静的汪洋，千言万语如鲠在喉，他竟一时失语。

尽管得不到回答，但日曜日还是自顾自地说了下去："我早该想到的，为什么犯罪池设定的时代是蒸汽时代，而不是更先进的未来。因为犯罪池才是人类的未来，我们必将衰退到蒸汽时代……赞美系统，你是何等的未雨绸缪。"

杜韵同样沙哑的声音："他们才是未来。"

日曜日郁郁寡欢："没想到吧，我们才是真正的土方岁三。对抗时代洪流的，是我们。"

杜韵轻轻笑起来，笑容像是喝下了一大杯黏稠的消毒液，来苏水的浓烈气味翻滚着从肠胃涌出，由牙缝间漏到冰凉的地板，蒙上一层隐约的白气。这个男人在发光的PDA前剧痛得佝偻成一团虾米，他不知道自己已经跪了多久，闭上眼睛时，浓烈的虚无感便占据了他的大脑，和当年坐在差分机旁凝视黑暗、驾驶云雀号遁入西海深处的瞬间如出一辙。

"你在笑什么？"

"我想起，走进地下机房的时候我们经过一个电控门，上面刻着：'Know thyself, Nothing in excess'——认识你自己，适可而止。你知道吗？日曜日阁下，我现在真的很后悔，很后悔知道真相。如果让我依然怀抱着希望，我想我最终能死得痛快些。"

"我又何尝不是呢？但相比之下，我想我比你幸运，我很快就要先走一步，而你还将在痛苦中挣扎，不过我想你也不会拖太久的……拉斐尔·加罗法洛在监控信道，我泄露的是模式识别系统的顶级机密，即使以日曜日的身份，也要接受执法者的制裁。至于制裁的内容，和卡维尔·雷泽诺夫一个等级，系统四级通缉令，就地击杀。"

"原来如此……再见了，日曜日阁下。我……"

"多说无益。杜工，我们就此别过。"

阵地雷达上的亮点已闪烁十五分钟，无人运输机出现在灰门基地的视野内，苍穹中的一个小点，和停留在屋檐和白杨上的西藏雄鹰相比只像是一只麻雀。地面通信基站的工程师们放下手中工作，立正行注目礼。唯有机械工程师疑惑地看着双眼闪烁黄色荧光的执法者，他望向身边的同僚寻求帮助，然而谁也不知道究竟发生了什么事，无能为力，只能看着快速变大的点在工程师们面前展现出更多的细节。

日曜日已无法听闻玉龙雪山簌簌的落雪声，在垂直涡轮引擎的轰鸣中，在起落架与大地接触的轻微晃动中，他斗牛犬一般的双颊鼓起，脖颈间粗大的喉结蠕动了一下。这个老人问出最后一个问题："杜工，你想想，你到底是为了什么才来到这里？"

他最终没能等到渗透工程师的回答，舱门打开，猛烈的阳光洒进机舱，一滴泪水从他眼眶中滑落。面对执法者的枪口和困惑的人类工程师们，中央系统数据主管义无反顾，张开双手走下舷梯，大衣在高原风中翻飞似燕，如同幕府将军的鲜红战袍飘扬在硝烟弥漫的战场中。

全息扫描、辅助瞄准、通电激发，K-VA执法者的集成芯片完成整个射击动作只需几个微秒。一声枪响，九毫米口径钨钢穿甲弹精准穿透他的心脏，带出一条鲜血凝成的螺旋弹道，在身后钢板留下一个小小白印。他感受到血液从灼热的创口流出，流成一条淙淙的溪流。烈日在上，垂首的日曜日眯起眼睛，就这样静静倾听溪流的响声，站着死去，未发一言。

元治元年旧历六月二日，1864年7月5日，池田屋事变前三天，日本，京都，壬生寺。

遥望大念佛堂，站在榻榻米上的冲田总司眨眨眼睛："即使践行这诺言的代价，将会是泪水和鲜血？"

"当然。"

土方岁三断然答道，他的声音有着山岳般的坚毅，如同山崩的回音回荡在寂静的佛堂："须常谨记，'武士之道，即醉心于死。'"

冲田总司轻笑一声，武士的佩刀安静躺在怀里，青白羽织下摆被风吹起。得不到回答的土方岁三抬头与他对视，只看到他眼中无尽翻腾的黑色海洋，一眼望不到头的隐忍和深沉。武士的黑色睫毛轻轻垂下，遮住幽深的双眸。

新选组副长的声音此刻竟稍稍颤抖："那么你呢，总司？你又为何而战呢？"

"不为何事，不为何物……"

菊一文字则宗出鞘的铿然响声如同流星破空，刀刃倒映出的凌厉白光中，剑术大师的笑容依旧柔和："唯求剑之极意而已。"

2624年1月6日，青藏高原地下海，灰门港口，拉斐尔·加罗法洛中央机房。

渗透工程师杜韵在黑暗的机房中睁开了眼睛，PDA随意摆放在他肚皮下，人造皮革登山靴靴底早已烂了大半。机房的红色报警灯明明灭灭，渗透工程师的影子分成三个投射在墙壁，被服务器淡淡的阴影围绕，如同一幅画满鬼怪的浮世绘。

跪坐已久的他挺身站起，脑中回荡着日曜日最后的疑问，听到这句话的时候他才惊醒：是啊，我到底是为了什么，突然就走了这么远呢？那双铁灰色的眼睛又在他脑海中浮现，社会工程师卡维尔·雷泽诺夫甚至比杜韵更了解他自己，那个看穿一切的男人，又在他的灵魂背后看到了什么？

机房大门缓缓滑开，一个全副武装的守护者跨过门框。来人花白胡须，全身裹在黑色轻甲中，与浓厚的暗影融为一体。

"外乡人，这是你的刀吗？"

灰门守护者大长老的嗓音像是风吹过缺口的酒杯，低哑又干涩。和四十四年前面对维克多·雷泽诺夫一样，奇怪的欲望驱使他打破守护者的戒条，问出不该问的问题。一声脆响，菊一文字则宗被远远扔到杜韵面前，刀把被火烤焦，刃锋反射出凄厉的红光。

"很好的刀，站起来和我打一场。"

"我不会用这东西。"杜韵虚脱地笑笑。他弯腰拿起这把曾被卡维尔·雷泽诺夫握在手中的利刃，手指划过刀反弯出的弧度，它的刀背和所承载的历史同样厚重。

"这把刀不简单，我希望你是个及格的对手。"阴影中的守护者以无比的耐心循循善诱。

杜韵将这把刀拄在地上，撑起自己几近虚脱的身躯。

他将它横置胸前，菊一文字则宗明丽的刃文赤裸裸地展现在他眼前。

"这……"

凭借千锤百炼的工程师本能，他一眼看出刃文微妙的排列，覆土重新烧制的痕迹在菊一文字则宗上十分显眼，有人曾以精细酸洗、高速锻打等方式改变了这把古刀表面的纹路，构成了神经网络的对抗样本。

和人脑一样，模式识别系统也有其终极弱点：对抗性干扰，所有机器深度学习算法都无法绕过的坎。一张被图像识别以 60% 置信度确认为"熊猫"的图像，只需要叠加一个精心构造的噪点图，就能将原图以 99.9999% 置信度归类为"鸵鸟"，而肉眼完全无法分辨叠加噪点图前后的图像，这个噪点图就被称为对抗样本。

拉斐尔·加罗法洛的对抗样本，则是这个时代黑客们的终极圣杯。在高分辨率摄像头的侦测中，人类是一个待识别的个体，但菊一文字则宗的刃文干扰了模式识别系统的分类，使其将握着这把武士刀的人归类为另一种完全风马牛不相及的东西。卡维尔·雷泽诺夫正是凭借出鞘的利剑骗过了模式识别系统，无数次在必死之局化险为夷。

只有成功剖析模式识别系统的全部工作原理才能够造出如此精密的对抗样本，想不到能在有生之年得见只存在于都市传说中的传奇，他的心脏在不断颤动。

在一切尚未化作离弦之箭的数十年前，他和卡维尔·雷泽诺夫在差分机前有过一段对话，那时苏诺仍以"莹"的名字漫步在这座城市的阴影中，被弥漫着的白色蒸汽笼罩的两个男人就已经对各自的终点有所期望。最先挑起话题的是杜韵，他问对方事情结束之后有何打算。

卡维尔·雷泽诺夫耸耸肩回应道："回去吧。"

"回哪里去？"

"最北的北方，西伯利亚，我的故乡。"

杜韵笑了："回家？完了，我还以为你是那种浪子，你知道吗？很讨女人喜欢的那种，从不在一个地方待很久，神秘、浪漫、自由奔放什么的，像黄金时代的一个诗人。"

卡维尔·雷泽诺夫也笑了："我是没想到在你心目中我会是这个样子。至于西伯利亚……我知道我回不去，但不妨碍我幻想一阵。偶尔会梦到小时候的事情，但都很模糊了。"

"这挺好的。"

"当年帮我偷渡过来的蛇头已经死光了。"

"那游泳回去吧，我觉得你干得出来的，只要你记得回去的路。"

"别说我了，你呢？"

"我？也许会去找下一个事情吧。"

"'事情'？我还以为你会把这当成是'事业'。"卡维尔·雷泽诺夫露出了少有的认真表情，他凝视着杜韵，"人其实和这差分机一样，借由某些燃料才得以驱动……"

杜韵干笑两声："渗透工程师终其一生都在寻找对抗拉斐尔·加罗法洛的方法，像是盲文、腹语……"

"这只是你的目的，我问的是你在燃烧什么。"

"或者只在传说中出现过的对抗样本。"杜韵讲了两句便接不下去了，他不安地望向仍在咔咔运作的差分机。他回过头来，发现对方仍没有接话的打算，反而静静等待着他的回答。

杜韵一时有些窘迫。

"不用费脑细胞了。我知道你答不出，但我知道你的本质是什么。"面对这突如其来的沉默，铁灰色眼睛的男人最终只是如此轻声说道，随后他将烟头扔入下水道，头也不回地离开了。

望着卡维尔·雷泽诺夫的身影消失在白雾中，杜韵心事重重地站在差分机前，他以目光触摸它的每一个齿轮和铆钉，许多思绪在那一刻破土而出又骤然枯萎。

"我只是想知道更多事情。"那时他在懊恼地自言自语，声音几乎无人听见。

他终于明白，一直支撑着他行走的燃料，不过是一抹最纯净的欲望罢了。无关芸芸众生也无关人类荣耀，他的肩上根本无法肩负如此沉重的责任——他只是想来到这里见证传说，抑或是其他与之交缠的事物，正如《浮士德》中魔鬼墨菲斯托之言"你且远眺那无穷的天涯，见识地上的万国与万国的荣华"。他是一个在冬夜静静围坐在篝火旁的旅人，然而他渴求的并非温暖，而是火焰爆裂时噼啪作响的一瞬，除此之外，传火的伟大、苦痛的挣扎、历史的浮沉都与他无关。

守护者看到他的对手眼中燃起火光又逐渐熄灭，他从未见过如此复杂的眼神，一个中年男人所有的热血和平静。

"当然，当然……这也许是最后一次搏命了。"

杜韵在回忆卡维尔·雷泽诺夫和莹，那个男人和女人在灯光中持剑的身影逐渐清晰，菊一文字则宗在手上挽出一个笨拙的剑花。

千年之后，你是否还记得当年为他所握，猛然出鞘的瞬间？

1868 年 7 月 19 日，明治元年，日本，江户，千驮谷，植木屋平五郎宅。

火枪队队长伊东藤三郎伸手制止了士兵开枪的冲动，他把目光投向站在庭院中间的剑术大师，后者正慢条斯理地用一块手帕擦去剑上的血污。冲田总司在唱着一首和歌——耳熟能详的《伊吕波》，正唱到"花朵艳丽，终将散落"的一段。

伊东藤三郎心有余悸，剑术大师的脚边就是三具士兵的尸体，他们的破门槌依然浸在血泊中，血腥顺着蓬松的木质撞击面蔓延，看上去像是在水潭中化开的泥块。火枪队队长从衣服内袋掏出一张叠得皱巴巴的纸，大总督命令他们暗中清理新政府的敌人——新选组的余孽，但本不该负责这次行动的藤田五郎①警部补却插手过来，希望带队的伊东藤三郎能给冲田总司投降的机会。

"昭告冲田总司，江户已经无血开城，唯尔新选组余部负隅顽抗……"

"我还没用剑对付过火枪。"天然理心流的免许皆传慢吞吞说道。

"立刻放下武器前往江户城中向藤田五郎警部补报到，新时代已经到来！"

"你猜猜在这个距离，是子弹快还是我的拔刀术快？"

毫无意义的交涉，他把接下来所有的话都咽下去。高举左手，身后的士兵们马上举枪瞄准，伊东藤三郎对他们的反应十分满意，这个历经了鸟羽伏见之战的老兵在过去的几个月用了巨大心血训练这些原来连枪都举不稳的农夫，如今他们也能在武士面前挺直腰杆，以绝对的纪律行动。

剑术大师只是见怪不怪地挑了挑眉毛。

风声凄厉，竹叶乱舞，庭中惊鹿又被水倾翻。

---

① 藤田五郎：冲田总司的前队友，曾属于新选组的斋藤一。在江户开城后，加入明治政府警察部队维持治安，化名藤田五郎，任职警部补。

灰色平造刃的刀身一闪而过，劈开月光，名刀菊一文字则宗在三日月的辉映中轰鸣出鞘。

一阵枪响，惊飞了树梢的乌鸦。